AF215508

Das Buch

In einem Swinger-Urlaub befindet man sich immer in einem besonderen Kosmos – einem Kosmos, in dem Dinge möglich werden, von denen viele Menschen kaum zu träumen wagen. Diese Erfahrung machten auch mein Freund und ich, als wir uns mit drei weiteren Paaren in einem Ferienhaus in Dänemark trafen. Dass wir in dieser Woche Partner und Zimmer immer wieder neu verteilten, lag in der Natur der Sache. Dass wir dabei aber auch Grenzen überschritten, die man selbst beim Swingen vernünftigerweise einhalten sollte, war eine andere Sache. Aber was ist schon vernünftig an Partnertausch und Gruppensex?

Die Autorin

Nina Noisee wurde 1981 in Niedersachsen geboren. Sie studierte Betriebswirtschaft. Heute lebt und arbeitet sie in Köln. Mit Mitte 30 entdeckte sie ihre Leidenschaft für das Swingen – und etwas später auch den Spaß daran, über dieses Thema zu schreiben.

Nina Noisee

Vier Paare und eine Frage: Wer mit wem?

Bekenntnisse einer Swingerin (4)

Bibliografische Information der Deutschen
Nationalbibliothek:
Die Deutsche Nationalbibliothek verzeichnet diese
Publikation in der Deutschen Nationalbibliografie;
detaillierte bibliografische Daten sind im Internet über
http://dnb.dnb.de abrufbar.

Herstellung und Verlag: BoD – Books on Demand,
Norderstedt

ISBN: 978-3-744816588

Unser Swinger-Urlaub in Dänemark

Samstag:
Poolparty

Meine Güte, so lange Beine gab es doch gar nicht. Als ich die Autotür geöffnet hatte, wanderte mein Blick von Jasmins Pumps an ihren Beinen entlang nach oben, bis endlich der kurze Rock auftauchte, in dem diese schier endlos erscheinenden Beine steckten. Erst als ich aus dem Auto ausgestiegen war und vor ihr stand, reduzierte sich diese Frau in meiner Wahrnehmung halbwegs auf Normalmaß. Größer als ich war sie aber dennoch. Und ich war mit meinen 1,71 Meter für eine Frau auch nicht ganz klein.

„Willkommen in Jütland", sagte Jasmin und umarmte mich.

„Danke", entgegnete ich und sah mich um. „Schön hier."

Doch bevor ich das Ferienhaus samt Drumherum näher in Augenschein nehmen konnte, gab auch Jannik mir bereits eine Begrüßungsumarmung – deutlich fester, als seine Frau das getan hatte. Aber ich hatte nichts dagegen, sein Körper fühlte sich durchtrainiert an, und der Mann roch gut. Auch die Umarmung zwischen Jasmin und meinem Freund Marco fiel sehr intensiv aus. Irgendwelche fremden Beobachter hätten uns sicherlich für alte Freunde gehalten – die wir keineswegs waren. Im Gegenteil: Dies war unsere erste reale Begegnung mit diesem Paar. Unser bisheriger Kontakt hatte sich im Wesentlichen auf mehrere Mails in einem Swinger-Forum im Internet sowie ein paar WhatsApp-Nachrichten beschränkt.

Nach einem kurzen Smalltalk über das erfreulich warme Juniwetter nahmen Marco und ich unsere Reisetaschen aus dem Auto und folgten Jasmin und Jannik zum Ferienhaus. Dabei fiel mein Blick erneut auf die langen Beine dieser Frau. Natürlich wirkten sie besonders lang, weil Jasmin Minirock und Pumps trug. Die Sachen standen ihr ausgesprochen gut, auch wenn das elegante Schuhwerk für den lockeren Kiesboden auf dem Parkplatz nur bedingt geeignet war. Dennoch überwand sie die kurze Strecke, ohne dass ihr Gang staksig wirkte.

Der Mann an ihrer Seite schien ein bisschen kleiner zu sein als sie – was aber vor allem auf das Schuhwerk seiner Frau zurückzuführen war. Tatsächlich waren beide ziemlich gleich groß. 1,80 Meter – jedenfalls stand das so in ihrem Profil, das ich mir während der vierstündigen Autofahrt von Hamburg nach Jütland noch einmal angesehen hatte.

Unwillkürlich fragte ich mich, wie es wohl aussehen würde, wenn mein Freund zwischen den langen Beinen dieser schönen Frau liegen würde. Denn genau dafür waren wir hier: zum gemeinsamen Vögeln. Allerdings nicht nur wir vier. Insgesamt würden wir zu acht sein in diesem dänischen Ferienhaus: vier Swinger-Paare, die sich für eine Partnertausch- und Gruppensex-Woche verabredet hatten.

Marco war Feuer und Flamme gewesen, als er ein paar Wochen zuvor auf das Dategesuch von Jasmin und Jannik gestoßen war. Die beiden hatten ein gemeinsames Swinger-Profil bei Joyclub – dem wohl größten Erotikprotal im deutschsprachigen Raum. Auch Marco (damals 39) und ich (37) waren dort angemeldet, allerdings jeder für sich. Mein Freund hatte dieses Internetforum schon entdeckt, bevor wir uns vor zwei Jahren kennengelernt hatten.

Dass er in unserer Phase des Kennenlernens sehr schnell das Thema Swingen auf den Tisch brachte, hatte mich anfangs irritiert. Aber seit er mich in die Szene eingeführt hatte, wollte auch ich diese sehr besondere Welt nicht mehr missen. Ich hätte es zwar vorgezogen, wenn wir uns mit einem gemeinsamen Paar-Profil bei Joyclub angemeldet hätten, aber das wollte der Mann nicht. Und da wir uns (anders als viele andere Swinger-Paare) ausdrücklich auch Alleingänge zugestanden, gingen die beiden Solo-Profile durchaus in Ordnung. Irgendwie war das auch ein Zugeständnis an unsere Fernbeziehung, die uns ohnehin nur gemeinsame Wochenenden oder auch mal einen gemeinsamen Urlaub erlaubte – so wie jetzt.

Bei unseren Gastgebern Jasmin (41) und Jannik (45) war das anders. Sie waren verheiratet und schon deutlich länger in der Szene aktiv als wir. Oder zumindest als ich. Und im Frühling hatten sie der Swinger-Gemeinde bei Joyclub mitgeteilt, dass sie im Juni ein großes Ferienhaus in Dänemark gemietet hatten und dieses gern mit anderen Swingern teilen wollten. Als Marco sie daraufhin anschrieb, erhielt er eine abweisende Antwort: keine einzelnen Männer, teilten die beiden ihm mit (immerhin antworteten sie überhaupt). Erst nachdem Marco mir das Profil der beiden gezeigt und auch ich das Paar angeschrieben hatte, fiel die Antwort freundlicher aus – deutlich freundlicher.

So war das eben, wenn man kein Paar-Profil wollte, dachte ich innerlich schmunzelnd. Aber das Thema hatten wir ausdiskutiert. Marco wusste, dass ich offen war für ein gemeinsames Profil – nun musste der Vorschlag schon von ihm kommen.

„Es wäre wirklich ein Jammer gewesen, wenn Nina uns nicht noch einmal angeschrieben hätte", sagte Jannik, als wir nun bei Tee und dänischen Butterkeksen im Wohnzimmer des geräumigen Holzhauses saßen, und über die bevorstehende Woche sprachen.

Ich schenkte dem Mann ein Lächeln für die Bemerkung.

„Warum habt ihr eigentlich kein Paar-Profil?", fragte Jasmin.

Ich verdrehte die Augen und sah an die Decke. Zu dem Thema sollte bitte der Mann neben mir etwas sagen – ich jedenfalls nicht.

„Wir machen beide auch Alleingänge", sagte Marco. „Da sind Solo-Profile eigentlich eher angemessen."

Jasmin und Jannik nickten. Reichte ihnen die dürre Erklärung? Oder hatten sie meinem Gesichtsausdruck angesehen, dass das eine heikle Sache war bei uns? Jedenfalls gingen sie umgehend wieder zu harmloseren

Themen wie dem Wetterbericht oder den Vorzügen dieses halbwegs einsam gelegenen Ferienhauses über, das die beiden schon des Öfteren gemietet hatten. Anfangs für den Familienurlaub, wie sie uns erzählten. Aber als ihre beiden Teenager-Kinder nicht mehr mit Mama und Papa verreisen wollten, waren sie auf die Idee gekommen, dass man das Haus auch anders nutzen könnte.

Wir stimmten ihnen zu, dass dies eine gute Idee sei. Wie gut, würde man im Verlauf dieser Woche sehen. Immerhin war es ja auch ein gewisses Risiko, vier Paare in einem Ferienhaus zusammenzuwürfeln, die sich zuvor ausschließlich virtuell kennengelernt hatten. Aber wir hatten uns bei Joyclub gefunden. Wir alle waren Swinger, wir alle wussten, was in dieser Woche passieren sollte. Was tatsächlich passieren würde, stand natürlich in den Sternen.

Jasmins Bedürfnis, von Anfang an ihre weiblichen Vorzüge zu präsentieren, war offensichtlich. Sie hatte nicht nur einen Minirock angezogen, sondern auch eine dünne Bluse. Ihre vollen Brüste zeichneten sich trotz BH deutlich ab. Vermutlich hatte sie eine C-Oberweite, mutmaßte ich. Den Eindruck hatte ich schon beim Betrachten ihrer freizügigen Bilder bei Joyclub gehabt, und der schien sich nun zu bestätigen. Na gut, sie hatte die längeren Beine, aber dafür hatte ich noch etwas mehr Busen zu bieten, als das bei ihr der Fall war. Ich benötigte einen D-Cup-BH. Allerdings trug ich heute dieses Kleidungsstück nicht. Für die lange Autofahrt hierher hatte ich mich bequem angezogen: Jeans, lockeres T-Shirt, Leinenschuhe – und kein BH. Ich registrierte mit einer gewissen Genugtuung, wie ich damit immer wieder Janniks Blick auf mich zog – ebenso wie mein Freund immer wieder versuchte, unter Jasmins Rock zu schielen. Ob sie womöglich auch unten ohne war? Auszuschließen war das nicht.

War das eigentlich normal, dass ich mich bei Swinger-Treffen stets mit der anderen Frau (beziehungsweise den anderen Frauen) verglich? Seit Marco und ich zum ersten Mal gemeinsam in einem Swingerclub gewesen waren, machte ich das jedenfalls. War die andere Frau schöner als ich? Hatte sie längere Beine? Waren ihre Brüste größer? Vor allem letzteres war eher selten der Fall. Für meine 37 Jahre war meine Oberweite jedenfalls ganz okay, befand ich. Okay, so meinte Marco einmal, sei eine maßlose Untertreibung. Aber Marco war mein Freund und somit nicht objektiv.

Vermutlich tat es mir gerade deshalb gut, immer mal wieder ein ähnliches Kompliment von anderen Menschen zu erhalten. Janniks Blicke in diesem Augenblick waren ein solches Kompliment. Mein T-Shirt war zwar nicht sonderlich eng, aber ich wusste, dass sich meine Brüste dennoch gut darunter abzeichneten. Zumindest gut genug, um immer wieder die Blicke unseres Gastgebers auf sich zu ziehen.

Der Tee in der großen Glaskanne war noch nicht leer, als draußen ein weiteres Auto auf den Parkplatz fuhr. Es waren Alina (33) und Timo (30). Der Umarmungs-Reigen vor dem Haus wiederholte sich – jetzt nur nicht zu viert, sondern zu sechst. Erneut zogen

Jasmins kurzer Rock (beziehungsweise ihre langen Beine) bewundernde Blicke auf sich. Allerdings waren es jetzt nicht nur ihre Beine, die eine gewisse Aufmerksamkeit erregten. Auch ihre Brüste unter der Bluse kamen jetzt noch mehr zur Geltung, als das vorhin der Fall gewesen war. Es machte eben doch einen Unterschied, ob eine Frau einen BH trug oder nicht. Und irgendwann hatte Jasmin sich (vermutlich bei einem kurzen Toilettengang) dezent von ihrem befreit. Da hatte ich sie wohl inspiriert, stellte ich innerlich schmunzelnd fest. In Konkurrenz zu Alinas Oberweite konnte sie dennoch nicht treten. Die kleine, drahtige Frau mit den strohblonden Haaren hatte an der Stelle sicherlich ebenso viel zu bieten wie ich. Und auch sie trug keinen BH. Ein Swinger-Treffen eben, schoss es mir durch den Kopf. Da war der Dresscode von Anfang an etwas lockerer, als man das in anderen Kreisen erwarten würde.

Mehr als Alinas Oberweite interessierten mich allerdings die Äußerlichkeiten ihres Freundes. Timo war ebenso blond wie sie und erfreulicherweise deutlich größer. Dabei schlank, aber keineswegs dünn, sondern irgendwie kantig – auch im Gesicht. Vermutlich trieb der Mann viel Sport. Hätte ich auf eine Sportart bei ihm tippen sollen, so wäre mir spontan Zehnkampf eingefallen. Natürlich hatte ich keine Ahnung, ob er Sport trieb – und falls ja, welchen. Aber ich konnte ihn mir gut als Zehnkämpfer vorstellen. Der Mann war wirklich gut gebaut. Die Bilder im Joyclub-Profil dieses Paares waren keineswegs geschönt. Wie würde sich der Mann mit dem ernsten Blick wohl zwischen meinen

Beinen anfühlen? Ich war sehr zuversichtlich, dass ich das erfahren würde – vielleicht ja schon an diesem Abend. Schließlich war dies ein Swinger-Treffen. Wir waren zum Vögeln mit getauschten Partnern hier.

„Leider gibt es nur drei richtige Schlafzimmer", erzählte Jasmin, als wir nun alle gemeinsam das große Haus im typisch skandinavischen Stil besichtigten.

„Und da wir vier Paare sind, muss eins mit dem offenen Schlafboden Vorlieb nehmen", ergänzte ihr Mann.

„Ich würde sagen: Wer zuerst kommt, malt zuerst", fügte seine Frau hinzu, während wir das größte der drei Schlafzimmer in Augenschein nahmen. „Wir haben uns schon mal hier niedergelassen."

Das ging für mein Empfinden vollkommen in Ordnung. Jasmin und Jannik hatten das Haus gebucht und das Treffen organisiert. Also war es auch klar, dass sie das größte Zimmer beanspruchen konnten. Wer wann mit wem in welchem Bett landen würde, war bei diesem Urlaub ja ohnehin eine Frage, die jeden Abend neu zu klären war. Jedenfalls erwartete ich das.

Aber vielleicht war das lediglich meine Sicht der Dinge, die sich daraus ergab, dass Marco und ich auch Alleingänge machten. Ich wusste, dass wir damit zu einer Minderheit in der Swingerszene gehörten. Partnertausch in getrennten Räumen kam für viele Paare nicht infrage. Fremdficken ja, aber nur in Gegenwart des eigenen Partners – so sahen viele Swinger-Paare das. Wie war das bei den anderen Paaren hier? Hatte dazu etwas in deren Profilen gestanden? Soweit ich mich erinnern konnte, war das nicht der Fall. Die Frage musste also vorerst offen bleiben.

„Das hieße dann, dass wir Louisa und Sönke auf den Schlafboden schicken?", fragte Marco.

Dieses vierte Paar würde erst am übernächten Tag anreisen –am Montag. Insofern würden die beiden es uns schwerlich verübeln können, wenn wir die Zimmer ohne ihre Zustimmung verteilten.

„Och warum eigentlich?", fragte Alina und sah zum oberen Ende der sehr steilen Treppe, die vom Wohnzimmer zu dem offenen Schlafboden unter dem Dach führte. „Da oben kann doch allenfalls ich stehen."

„Da kann niemand stehen", widersprach Jannik. „Auch du nicht."

Alina war zweifellos die Kleinste in unserer Runde. Wenn ich es recht in Erinnerung hatte, stand 1,62 Meter in ihrem Profil.

„Auf jeden Fall möchte ich mir das da oben mal ansehen", verkündete Alina und trat zu der Treppe, die eher den Charakter einer Leiter hatte.

Entschlossen stieg sie hinauf, und wir alle sahen ihr nach. Natürlich konnten wir auf die Weise unter ihren Rock sehen – was die Männer ganz ungeniert taten. Naja, ich ja auch. Vermutlich fragten sich alle in diesem Moment, wie Alinas Po wohl ohne den weißen Slip aussehen würde, dessen Ansatz nun zu erkennen war.

„Das möchte ich mir auch ansehen", sagte ich und folgte Alina auf den Schlafboden.

Ich trug zwar keinen Rock, aber ich war mir sicher, dass auch ich nun die Blicke der Männer auf mich zog. Die Jeans, die ich trug, waren bequem und nicht übermäßig eng, aber die Konturen meines Hinterteils waren sicherlich trotzdem gut erkennbar. Und wenn ich ehrlich sein soll: Ich liebe es, männliche Blicke auf meinem Körper zu spüren – jedenfalls wenn es sich um die Blicke der richtigen Männer handelt. Was hier und jetzt zweifellos der Fall war – bei allen dreien.

Jannik hatte recht gehabt. Unter der Dachschräge konnte niemand stehen. Auch Alina nicht, die sich in leicht gebeugter Haltung aufmerksam umsah. Es gab hier nicht nur zwei Schlafplätze, wie ich eigentlich vermutet hatte, sondern sechs. Die Schaumstoffmatratzen lagen nebeneinander auf dem Fußboden und bildeten mehr oder weniger ein riesiges Bett – beinahe wie die Spielwiese in einem Swingerclub. Jedenfalls hatte ich sofort diese Assoziation. Vielleicht war das eine Folge davon, dass Marco und ich uns in den zurückliegenden Monaten doch einige Male in verschiedenen Clubs vergnügt hatten.

„Ihr habt ja hier eine richtige Spielwiese", sagte Alina, als nun auch die anderen vier den Weg nach oben gefunden hatten. „Fast wie im Swingerclub."

Da hatte offensichtlich jemand den gleichen Gedanken wie ich. Jannik sah sich schmunzelnd um und zuckte mit den Achseln. War ihm dieser Gedanke noch gar nicht gekommen? Das hätte mich dann doch sehr gewundert.

Es entstand eine seltsame Stille, jeder sah jeden an, alle schienen darauf zu warten, dass irgendetwas passierte. Nach meinem Empfinden lag plötzlich eine Spannung in der Luft, die sich durchaus in einem nahtlosen Übergang zum gemeinsamen Sex hätte entladen können. In einem der Profile hatte ich die Formulierung „keine lange Anlaufzeit" gelesen. Allerdings wusste ich in diesem Moment nicht mehr, welches der beiden anderen Paare diese Vorliebe zum schnellen Sex erwähnt hatte. Vielleicht outeten sich der- oder diejenige(n) ja jetzt. Nach dem kurzen Kennenlernen wäre das nun wirklich Sex ohne lange Anlaufzeit.

„Dann zeigen wir euch mal das restliche Haus", sagte Jasmin, griff zur Leiter und begann den Abstieg.

Alle nickten und setzten sich wieder in Bewegung. Die knisternde Spannung verschwand ebenso schnell, wie sie entstanden war. Offensichtlich hatte hier und jetzt niemand außer mir den Gedanken gehabt, den erotischen Reigen bereits zu eröffnen. War das wirklich nur mein Film gewesen? Ich musste mir eingestehen, dass mich die Fantasie einer spontanen Orgie unter der Dachschräge doch einigermaßen erregt hatte. Nun ja – vor uns lag eine ganze Woche. Da würde sich das sicher noch ergeben – und vermutlich nicht nur einmal. Wir mussten nicht schon bei der ersten Hausbesichtigung zum Ficken übergehen. Bereit dafür wäre ich allerdings gewesen. Die anderen aber offenbar nicht. Oder es hatte ganz einfach niemand den entscheidenden Anstoß gegeben. Ich ja auch nicht.

In dem Haus gab es außer dem schönen Schlafboden und dem offenen Kamin im Wohnzimmer noch ein weiteres Highlight: ein großes Bad mit einer Saunakabine und einem kleinen Whirlpool. Vor einem Jahr waren Marco und ich bei einem Paar zu Gast gewesen, das im Keller ebenfalls eine Sauna und einen Pool hatte. Den Pool hatten wir zu viert genutzt, die Sauna nicht – dazu waren wir vor lauter Sex in jener Nacht einfach nicht gekommen. Ich konnte mir gut vorstellen, dass das hier anders sein würde. Hier hatten wir aber auch deutlich mehr Zeit als nur eine Nacht.

„Ist aber ganz schön kalt", sagte Alina, als sie nun ins Wasser des Pools griff.

„Wir haben ihn vorhin erst befüllt", erklärte Jannik. „Bevor er sich hinreichend aufgeheizt hat, braucht es noch etwas Zeit."

„Schade", entgegnete sie und ließ ihre Hand noch immer durch das Wasser streichen.

„Du kannst gern schon hineinsteigen", erwiderte er grinsend. „Bestimmt wird das Wasser dann schneller warm – bei so einer heißen Frau."

„Nein danke", sagte sie und zog ihre Hand nun doch zurück. „Da warte ich lieber noch etwas."

Aber man sah ihr an, dass ihr das Kompliment gefiel – auch wenn es für mein Empfinden ein wenig plump gewesen war.

Wir saßen an diesem Abend eine ganze Weile bei Baguette, Salat, Käse und Weißwein am Esstisch. Dabei erzählten wir uns unsere Lebens- und vor allem unsere Swinger-Geschichten. So viel zum Thema „keine Anlaufzeit" dachte ich. Vermutlich war das vorhin auf dem Schlafboden tatsächlich nur mein Kopfkino gewesen. Wir saßen zusammen wie alte Freunde, die sich lange nicht gesehen hatten und die nun das Bedürfnis trieb, einander wieder auf den neuesten Stand zu bringen. Was ich als sehr angenehm empfand, weil wir uns auf die Weise doch besser kennenlernen konnten. Es entstand eine gewisse Nähe und Vertrautheit. Und mit mehr Nähe war auch der gemeinsame Sex immer besser – so jedenfalls meine Wahrnehmung bei unseren bisherigen Abenteuern.

Erst als Alina irgendwann aus dem Bad zurückkam, hatte sie ein eigentümliches Funkeln in den Augen, als sie sich wieder zu uns setzte.

„Das Wasser ist warm", sagte sie. „Jedenfalls viel wärmer als vorhin."

Ach ja, der Whirlpool im Bad.

„Also ich weiß ja nicht, was ihr denkt", fuhr sie fort, „aber ich hätte jetzt Lust auf ein Bad. Zeigst du mir, wie man das Blubbern einschaltet, Jannik?"

„Unbedingt", erwiderte er und stand auf.

Die beiden verschwanden gemeinsam Richtung Bad. Ich konnte mir gut vorstellen, dass er ihr mehr zeigen würde als nur die Bedienungseinheit des Whirlpools. Offenbar hatten auch die anderen am Tisch diesen Gedanken. Jedenfalls machte sich im Rest unserer Runde ein gewisses Schmunzeln breit, das Gespräch flaute ab, und schließlich war ich es, die den allgemeinen Startschuss gab.

„Wollen wir die zwei denn allein lassen in dem Pool? Da passen wir doch sicher alle rein, oder?", fragte ich in die Runde und erhob mich vom Esstisch.

„Ist eng, aber möglich", bestätigte Jasmin und stand ebenfalls auf.

„Eng muss kein Nachteil sein", warf Marco ein und auch Timo nickte zustimmend.

Als wir ins Bad kamen, stiegen Alina und Jannik soeben in den Pool, dessen Wasser wild blubberte. Die richtigen Knöpfe hatten sie also gefunden. Wir alle zogen uns aus, duschten kurz (unter den aufmerksamen Blicken von Alina und Jannik) und folgten den beiden in den runden Pool.

Ich stellte fest, dass Jasmin recht gehabt hatte: Zu sechst war es recht eng. Der Whirlpool war wohl eher für vier Menschen gedacht. Aber auch Marco hatte recht gehabt: Eng musste kein Nachteil sein – jedenfalls nicht in einer Gruppe von Swingern.

Man konnte es gar nicht vermeiden, mit den anderen Körperkontakt aufzunehmen. Aber das wollte auch niemand vermeiden. Wobei jetzt nicht nur Beine, Hüften und Schultern aneinanderstießen, sondern sehr schnell auch Hände auf Wanderschaft gingen. Irgendjemand ließ seine Hand auf meinen Oberschenkel und dann umgehend auch dazwischen wandern. Meine linke Hand bekam einen Schwanz zu fassen, der sich bereits deutlich im Wachstum befand, meine andere Hand einen zweiten Schwanz, den ich mir allerdings mit einer weiteren Hand teilen musste. Dafür war dieser Schwanz aber auch groß genug – und bereits hart und steif. Eine weitere Hand wanderte zu meinen Brüsten, irgendjemand schob zugleich seine Finger unter meinen Po – was ja nicht sonderlich schwierig ist, wenn man im Wasser schwebte. Als sich diese Finger von hinten zu meiner Pussy vortasteten, stießen sie dort auf die Finger der ersten Hand, die den Weg dorthin bereits gefunden hatte. Daraufhin zog sich jene zweite Hand wieder zurück und knetete mit festem Griff mein Hinterteil.

Alle sahen wir uns mit verschmitzten Blicken an, jeder fummelte mit jedem, keiner konnte auf Anhieb wissen, wer seine Finger wo hatte. Wobei mir schon klar war, dass die beiden Schwänze in meinen Händen Jannik und Timo gehörten. Vor allem Janniks bestes Stück war unverkennbar. Dass er an dieser Stelle einiges zu bieten hatte, war auf seinen Profilbildern bei Joyclub deutlich zu erkennen gewesen. Ich hatte mich vor ein paar Tagen an meinem Laptop noch gefragt, wie sich dieser eindrucksvolle Schwanz wohl anfühlen würde. Nun wusste ich es – zumindest was seine Lage in meiner Hand betraf. Ich konnte mir aber gut vorstellen, dass ich diesen Schwanz auch noch auf andere Weise würde spüren können.

Vermutlich schenkte ich bei diesen Gedanken unserem Gastgeber ein besonders liebevolles Lächeln. Jedenfalls beuge er sich nun zu mir und küsste mich. Ich ließ mich liebend gern darauf ein, die Bewegungen der Finger an meiner Muschi wurden intensiver. Natürlich hatte ich inzwischen festgestellt, dass diese Finger Jannik gehörten. Ich schlang meine Beine um seine Hüften und umarmte ihn. Unsere Knutscherei wurde heftiger. Wir waren jetzt ganz beieinander. Würde ich nicht mit Rücken, Schultern und Beinen gegen andere Menschen in diesem Pool stoßen, hätte ich vergessen können, dass wir nicht allein waren.

Janniks Schwanz drückte sich in meinen Schoß. Für eine Sekunde hatte ich die Fantasie, es jetzt und sofort hier im Wasser richtig mit ihm zu tun – einfach so aus dem Moment heraus. Als wir unsere Lippen voneinander lösten und uns tief in die Augen sahen, war ich mir sicher, dass er den gleichen Gedanken hatte. Sein Griff an meinem Po war fest und ich zuckte auch nicht zurück, als sein Schwanz meine Pussy berührte. Aber natürlich ging das nicht. Nicht ohne Gummi – auch wenn ich gerade begonnen hatte, das Denken einzustellen. In solchen Momenten war viel möglich, wie ich seit Beginn meiner Reise durch die Welt der Swinger festgestellt hatte – manchmal auch mehr, als eigentlich klug war.

Alina jedoch weckte mich aus meiner einsetzenden Sex-Trance:

„Wo sind hier Kondome?", fragte sie und legte eine Hand auf Janniks Schulter.

Im ersten Moment zuckte er regelrecht zusammen. Er war wohl ebenso sehr bei mir gewesen wie ich bei ihm. Ich hatte den Eindruck, dass er nur widerwillig den Blick von mir löste und Alina ansah. Auch ich bedauerte, dass der Zauber zwischen uns gestört wurde. Allerdings interessierte mich die Antwort auf diese Frage ebenfalls. Sie interessierte mich sogar sehr. Suchend ließ ich meinen Blick durch den Raum schweifen.

Alina war jetzt nicht mehr im Wasser, sondern saß auf dem Beckenrand. Zwischen ihren Beinen stand

Marco, den steifen Schwanz wie einen Speer auf ihre Muschi gerichtet. Keine Frage: Die zwei wollten ebenso ficken wie Jannik und ich. Neben Alina saß Timo auf den Beckenrand, sein Schwanz steckte in Jasmins Mund. Unsere Gastgeberin blies hingebungsvoll und man konnte dem Mann ansehen, wie sehr er das genoss. Fremde Lippen am Schwanz zu spüren, sei immer besonders aufregend, hatte Marco mir einmal gesagt. Was mich natürlich nicht wunderte. Auch ich empfand einen Fremdschwanz stets als besonders erregend – oder auch fremde Finger und Zungen an und in meiner Muschi.

„Kondome …", stammelte Jannik – gerade so, als habe er dieses Wort zum ersten Mal gehört.

„Scheiße", fügte er hinzu. „Hier sind keine."

„Ihr plant eine Swinger-Woche in diesem Haus und habt nicht überall Kondome ausgelegt?", fragte Alina erstaunt.

„Doch, eigentlich schon", entgegnete er und hob bedauernd die Schultern. „Aber ans Bad haben wir einfach nicht gedacht."

„Stimmt", murmelte seine Frau, die nun Timos Schwanz aus ihrem Mund hatte gleiten lassen. „Wie blöd."

Für einen außenstehenden Beobachter hätte unsere Gruppensex-Szene im heißen Wasser in diesem Moment wohl wie eingefroren gewirkt. Jedenfalls schienen alle ein wenig ratlos zu sein – bis Jannik die Sache entschlossen auflöste.

Er ließ mich los (ich war plötzlich wieder frei schwebend im Wasser), und er sprang aus dem Pool. Ich bedauerte es, dass er unseren Haut-an-Haut-Kontakt so abrupt und ohne Vorwarnung beendete. Aber natürlich hatte ich größtes Verständnis für seine Aktion – vor allem, als er nach gefühlten zehn Sekunden mit einer Schale voller Kondome zurückkehrte, und sie auf den Beckenrand stellte.

„Bedient euch", sagte er und war umgehend wieder im Wasser – und erneut zwischen meinen Beinen.

Sein Schwanz drückte sich abermals gegen meinen Bauch, hatte aber an Härte verloren – was wegen des Breaks wohl nicht verwunderlich war. Meine Finger wanderten zwischen uns, ich nahm seine Männlichkeit in die Hand und stellte erfreut fest, dass sich der vorherige Zustand schnell wieder herstellen ließ. Ich hätte nichts dagegen gehabt, ihn zu blasen oder mir von seiner Zunge die Muschi verwöhnen zu lassen. Aber nachdem Jannik die Kondome geholt hatte und er nun wieder ganz steif war, wollte er offenbar nur noch ficken. Und damit war er nicht der einzige.

Marco stand noch immer zwischen Alinas Beinen, die sie um seine Hüften geschlängelt hatte. Nun aber nahm er sie mit heftigen Stößen, und sie klammerte sich an ihn. Daneben stand Jasmin. Sie hatte Timo den Rücken zugewandt und ließ sich von hinten stoßen. Der Anblick der beiden fickenden Paare war faszinierend. Vor allem mein Blick auf Marco zwischen Alinas Beinen erregte mich. Ich hatte bereits bei unserem ersten Swinger-Erlebnis knapp anderthalb Jahre zuvor festgestellt, dass sich mein Puls immens beschleunigte, wenn ich meinem Freund beim Fremdsex zusah. Glücklicherweise ging es ihm umgekehrt ebenso mit mir, weshalb ich beim Partnertausch oft den Blickkontakt mit Marco suchte. Was natürlich nicht immer möglich war.

Als Jannik mich jetzt aus dem Wasser hob und auf den Beckenrand setzte, sah ich nur kurz zu seinem Schwanz, während er diesen in ein Gummi verpackte. Anschließend suchte ich Marcos Blick, wollte in seine Augen sehen, während er die andere Frau nahm. Aber mein Freund war ganz und gar bei ihr, sodass auch ich wieder meine ganze Aufmerksamkeit unserem Gastgeber schenkte. Was aber auch angemessen war, schoss es mir durch den Kopf, als sein Schwanz plötzlich in mir war.

Jannik nahm mich von Anfang an mit schnellen, harten Stößen. Mit einer Hand hielt er mich fest, mit der anderen knetete er meine Brüste. Das Kompliment für meine Oberweite, das er mir am Nachmittag (und auch immer wieder während des Abendessens) mit seinen Blicken gegeben hatte, wiederholte er nun mit den Händen. Offensichtlich gefiel ihm mein Busen – was wiederum mir gefiel.

Ich sah Jannik tief in die Augen, während er mich stieß und meine Brüste massierte. Ich hatte keine Ahnung, wie lange wir es in dieser Stellung taten. Aber es war lange genug, dass es mir kam – womit ich wohl die erste war. Zumindest hörte ich keine entsprechenden Geräusche von den anderen Paaren. Aber schließlich war nicht jeder Höhepunkt mit lauten Begleitgeräuschen verbunden. Ich jedoch schrie meinen Orgasmus laut heraus. Dass Jannik mich einfach weiterfickte, während mein Körper bebte, störte mich keineswegs. Erst als mein Orgasmus abklang, zog ich meine Beine fest um ihn. Es zuckte noch immer sanft in mir nach – das wollte ich auskosten, und dafür benötigte ich einen Augenblick Ruhe. Erst als dieses Zucken ganz zum Ende gekommen war, löste ich meine Beinklammer um seine Hüften – was er umgehend nutzte, um erneut in mich zu stoßen.

Jetzt kam ich wieder zu mir und hatte auch wieder einen Blick für das Treiben um uns herum. Als Timo eine Hand auf meinen Busen legte, sah ich dem Mann neben mir in die Augen. Er stand nun nicht mehr hinter Jasmin, sondern saß neben mir auf dem Beckenrand, während Jasmin vor ihm stand und ihn blies. Dass Timo dabei noch immer sein Kondom über dem Schwanz hatte, fand ich befremdlich. Sicher, für ernsthaften Partnertausch, brauchte man so etwas. Normalerweise jedenfalls. Aber zum blasen? Och nö – das dann doch nicht.

Ich beugte mich zu Timo und küsste ihn. Unser Kuss wurde intensiver, ich war nun mehr und mehr bei dem Mann neben mir – ungeachtet der Tatsache, dass Jannik mich noch immer fickte. Dass der sich irgendwann aus mir zurückzog, realisierte ich im ersten Augenblick gar nicht so richtig. Erst als Timo seine Hand zwischen meine Beine gleiten ließ und meine Pussy streichelte, nahm ich bewusst wahr, dass Janniks Schwanz verschwunden war. Ich bekam gerade noch mit, wie er ein neues Kondom über den Schwanz zog und sich hinter Alina stellte, die ihm den Po entgegenstreckte. Die hatte doch gerade noch mit Marco gevögelt? Ach ja – der machte es inzwischen mit Jasmin.

„Darf ich mal?", fragte ich lächelnd an Jasmin gewandt, die sich nicht nur von hinten von Marco ficken ließ, sondern zugleich auch noch immer Timo blies.

Sie entgegnete nichts, überließ mir aber Timos Schwanz mit einem vielsagenden Lächeln. Ich ließ mich ins Wasser gleiten, griff zu Timos Schwanz und zog ihm das Gummi ab. Unmittelbar bevor meine Lippen seine Eichel berührten, zwinkerte ich ihm zu. Er erwiderte dieses Zwinkern, offensichtlich gefiel ihm meine Aktion. Im nächsten Augenblick nahm ich ihn tief in den Mund und spürte Timos Hand auf meinem Kopf.

Von irgendwoher hörte ich einen Orgasmusschrei. Ich hätte nicht sagen können, ob das Alina oder Jasmin war. Es war mir auch egal, ich war jetzt ganz bei Timo. Kurz darauf vernahm ich aber einen weiteren, wenn auch leiseren Schrei. Damit hatten wohl beide Frauen mit mir gleichgezogen, stellte ich schmunzelnd fest.

Dass es nun auch in Timos Schwanz zu zucken begann, bemerkte ich erst spät – zu spät. Ich hatte ihn lange und intensiv geblasen. Aber dass er plötzlich in meinem Mund kam, überraschte mich im ersten Augenblick dann doch. Dennoch hielt ich meine Lippen fest geschlossen und brachte es auf die Weise für ihn zum Ende. Ich hatte den Eindruck, dass ihm das gefiel. Alles andere hätte mich allerdings auch gewundert. Ich hatte noch nie erlebt, dass einem Mann so etwas nicht gefiel. Erst als sein Orgasmuszucken allmählich zum

Stillstand gekommen war, ließ ich seinen Schwanz aus meinem Mund herausgleiten.

Noch immer hatte ich sein Sperma im Mund. Mein erster Gedanke war, es wieder auszuspucken. Aber einfach so hier ins Poolwasser, in dem sich sechs Menschen befanden? Das wäre nun wirklich nicht sonderlich hygienisch gewesen. Also schluckte ich es. Damit hatten ich noch nie Probleme gehabt – auch wenn ich so etwas eher mit Männern machte, die mir etwas vertrauter waren, als das bei Timo an diesem Abend der Fall war.

Ich sah ihn an, und seine Augen strahlten. Er ließ sich zurück ins Wasser gleiten, und umarmte und küsste mich – was ich als angemessen empfand. Als wir uns wieder voneinander lösten, waren auch die anderen beiden Paare zum Ende gekommen. Alle waren wir nun wieder im Wasser, alle lächelten wir zufrieden und befriedigt in die Runde.

Dann fiel mir erst ein und dann noch ein zweites Kondom auf, das im Wasser trieb. Hygienisch? Da hätte ich auch Timos Sperma ausspucken können. Aber wenn ich ehrlich war: Ich hatte es gern geschluckt. Allein für den anschließenden Blick des Mannes hatte sich das gelohnt. Und außerdem: Was war schon hygienisch bei Gruppensex und Partnertausch?

Dieses Durcheinander im Whirlpool war extrem geil gewesen. Schade fand ich nur, dass ich nicht auch noch Timos Schwanz in mir gespürt hatte. Auf den Mann hatte ich ebenso große Lust gehabt wie auf unseren Gastgeber Jannik. Aber die Nacht war noch jung, da konnte noch manches mehr passieren – dachte ich jedenfalls.

Ich war einigermaßen erstaunt, als Alina nun das Wasser verließ und ankündigte, sie wolle schlafen gehen. Ihr Freund Timo folgte ihr umgehend. Auch Jasmin und Jannik meinten, es sei ein langer Tag gewesen und verließen den Pool.

Wie bitte? Das war es jetzt schon? Es war eine heiße Gruppensex-Runde gewesen – aber eben nur eine! Und ich hatte gerade mal einen einzigen Höhepunkt erlebt. Normalerweise ging da mehr – vor allem beim Swingen. Einiges mehr!

Marco und ich sahen uns an und zuckten verständnislos mit den Schultern. Offensichtlich war mein Freund ebenso verblüfft über das unerwartete Ende der Pool-Orgie, wie ich es war. Als mein Blick auf die Uhr an der Wand fiel, stellte ich erstaunt fest, dass Mitternacht längst vorbei war: Es war halb zwei. Bei unseren Besuchen im Swingerclub dauerten unsere Aktivitäten zwar auch gern mal bis vier Uhr früh. Aber hier waren wir nicht im Swingerclub. Als ich die Uhrzeit realisierte, spürte auch ich eine gewisse Müdigkeit, die ich bisher ganz gut ignoriert hatte – man könnte auch sagen: Die ich weggevögelt hatte.

Na schön, stellte ich fest. Ganz so jung war die Nacht dann doch nicht mehr. Aber die Woche fing gerade erst an. Da würde sicher noch so manches passieren. Zumindest in dieser Hinsicht sollte ich recht behalten.

Jedes Paar zog sich in eins der Schlafzimmer im Erdgeschoss zurück. Der offene Schlafboden blieb in dieser Nacht ungenutzt. Als wir ihn am Nachmittag besichtigt hatten, war bei mir ein Kopfkino-Film vom gemeinsamen Sex aller Paare dort oben angelaufen. Den gemeinsamen Sex hatte es gegeben – aber eben an anderer Stelle.

Glücklicherweise hatten alle Schlafzimmer ganz normale Doppelbetten. Und Marco war nach der Pool-Party ebenso wenig satt wie ich. Als er wenig später zwischen meinen Beinen lag, stellten wir fest, dass auch die anderen Paare noch nicht zur Ruhe gekommen waren. Die quietschenden Betten waren in den anderen Zimmern des hellhörigen Hauses ebenso deutlich zu vernehmen wie das lustvolle Stöhnen der Menschen darin. Von wegen schlafen gehen … Hier schlief niemand! Folglich sah ich auch keinen Grund, meinen Orgasmusschrei zu unterdrücken, als Marco mich zum Höhepunkt gefickt hatte. Nur als wir es tief in der Nacht noch einmal taten, blieb ich relativ still dabei. Unnötig wecken musste ich ja niemanden.

Sonntag:
Getrennte Räume

Der folgende Tag begann wie der Morgen eines ganz normalen Ferienhaus-Urlaubs. Jannik hatte bereits eine Joggingrunde gedreht und war mit einer großen Brötchentüte zurückgekehrt. Jeder Außenstehende hätte uns für alte Freunde gehalten und nicht für eine frisch zusammengewürfelte Swinger-Gruppe. Naja, vielleicht abgesehen davon, dass Alina und ich lediglich Slip und T-Shirt trugen, als wir am Frühstückstisch erschienen. Und auch Jasmin hatte auf einen BH unter ihrem Shirt verzichtet. Alle drei waren wir ja nicht gerade kleinbusig. Und keine von uns hatte ein Problem damit, dass sich die Nippel unter dem Stoff deutlich abzeichneten. Eher im Gegenteil. Die Blicke der Männer verrieten, dass ihnen unsere sparsamen Outfits gefielen. Aber unser ausgedehntes Frühstück mit frischen Brötchen, Rührei mit Schinken und und viel Kaffee war keineswegs der Auftakt zu neuen erotischen Aktivitäten.

Stattdessen blieben wir sehr lange an dem großen Tisch sitzen und setzten unsere Unterhaltung vom Vorabend fort. Ich fand es schön, die Menschen, mit denen wir Sex hatten und in den folgenden Tagen sicherlich weitere Swinger-Aktivitäten haben würden, besser kennenzulernen. Das war ein großer Vorteil von privaten Treffen gegenüber spontanen Begegnungen auf einer Swingerclub-Matte. Man wurde vertrauter miteinander – da wurde man dann auch beim Sex offener. Jedenfalls ging mir das so.

An diesem Abend gab es keine erneute Orgie – was ich eigentlich erwartet hatte. Es herrschte einen Augenblick Stille, als Jannik zum Ende des Abendessens vorschlug, man könne doch vielleicht die Paare für eine Nacht in getrennten Zimmern durchtauschen. Dass er mir dabei in die Augen sah, ließ mich schmunzeln. Offensichtlich hatte dieser Mann vor allem Lust auf mich. Aber ja, dachte ich, warum nicht.

„Ich bin dabei", sagte Marco, und auch ich nickte zustimmend.

Nicht jedes Swinger-Paar war offen für Partnertausch in getrennten Räumen. Bei Joyclub hatte ich schon in diversen Paar-Profilen gelesen, dass so etwas ausdrücklich ausgeschlossen wurde – etwa mit der Formulierung: „Uns gibt es nur zusammen." Marco und ich sahen das lockerer. Wir hatten uns gleich zu Beginn unserer Swingerzeit zugestanden, auch Alleingänge zu unternehmen – was wir beide auch schon getan hatten. Da wir eine Fernbeziehung führten, empfand ich diese gegenseitige Großzügigkeit als passend für uns.

Da Jannik nun den Vorschlag für getrennte Räume gemacht hatte, war wohl davon auszugehen, dass auch seine Frau nichts gegen diese Spielart einzuwenden hatte. Dass auch Alina und Timo dafür offen waren, vermutete ich ganz stark. Schließlich war Alina es gewesen, die am Abend zuvor Gastgeber Jannik ins Bad gelockt hatte – anfangs ohne den Rest der Gruppe. Und wenn wir nicht kurz darauf gefolgt wären, dann hätten die zwei sicherlich zu zweit dort Sex gehabt – ohne ihre jeweiligen Partner. Doch ausgerechnet Alina sollte unsere Runde in dieser Hinsicht bremsen.

„Ich weiß nicht", sagte sie. „So etwas haben wir noch nie gemacht. Partnertausch gern, aber ich möchte dabei doch lieber in Timos Nähe sein und am anderen Morgen neben ihm aufwachen."

Den Einwand hatte ich nicht erwartet – nicht von Alina. Aber offensichtlich machte es für sie einen Unterschied, ob man mal eben nach nebenan ging, um dort fremd zu vögeln, oder ob man eine ganze Nacht in getrennten Schlafzimmern verbrachte. Ich sah da eigentlich keinen allzu großen Unterschied. Aber jeder hatte seine eigene Sicht der Dinge.

„Schade", sagte Jasmin und bedachte Timo mit einem liebevollen Lächeln. „Ich könnte mir gut vorstellen, neben dir aufzuwachen."

Alinas Blick schwankte zwischen Jasmin und Timo. Offenbar wusste sie nicht so recht, ob sie das nun als Kompliment für ihren Freund werten oder doch lieber eifersüchtig werden sollte. Glücklicherweise entschied sie sich wohl für ersteres. Jedenfalls ging auch ihr Blick in ein freundliches Lächeln über.

„Wir wären ja immerhin in Hörweite", sagte Timo an seine Freundin gewandt.

Oha – da herrschten wohl unterschiedliche Vorstellungen bei den beiden. Hoffentlich wollte der Mann jetzt nicht seine Freundin zu etwas überreden, was sie nicht wollte. So etwas konnte auch nach hinten losgehen und eine unschöne Energie in die Beziehung bringen – und damit dann womöglich auch in unsere Gruppe.

„Wir haben über dieses Thema schon mehrfach gesprochen", erzählte Timo. „Aber so richtig konnten wir uns noch nie zu Partnertausch in getrennten Räumen entschließen."

„Naja", murmelte Alina eher, als dass sie es sagte. „Vielleicht wäre es jetzt mal eine ganz gute Gelegenheit, das auszuprobieren."

Öffnete sie sich wirklich für diesen Gedanken? Oder fühlte sie sich lediglich unwohl damit, dass sie als einzige in unserer Runde diese besondere Form des Swingens abblocken wollte? Ich war mir nicht ganz sicher. Immerhin schien sie die Sache nun zumindest in Erwägung zu ziehen.

„Andererseits muss euch vier das ja nicht abhalten, wenn Timo und ich uns wieder in unser Zimmer zurückziehen", fuhr sie jedoch fort.

Offensichtlich war sie mit ihren Überlegungen noch nicht ganz zu einem Ergebnis gekommen.

„Das ist aber auch irgendwie blöd", warf Marco ein. „Damit würden wir euch ja ausschließen."

Erneut entstand ein Augenblick Stille, in dem wir uns nur wechselseitig ansahen. Bis Jannik schließlich aufstand, mir die Hand reichte und sagte:

„Ich würde diese Nacht wahnsinnig gern mit dir verbringen. Wie wäre es, wenn wir zwei uns einfach mal zurückziehen – und ihr vier könnt ja noch klären, wer mit wem die Nacht in welchem Zimmer verbringt."

Damit hatte er uns alle einigermaßen überrascht – mich am meisten. Für eine oder zwei Sekunden zögerte ich, aber dann stand ich auf und nahm die angebotene Hand. Ich warf Marco einen fragenden Blick zu, und er nickte augenzwinkernd. Alles andere hätte mich allerdings auch erstaunt. Schön, dass so etwas zwischen meinem Freund und mir so unkompliziert funktionierte.

„Hoffentlich müssen die vier nicht mehr allzu lange diskutieren", sagte ich, als Jannik und ich die Schlafzimmertür hinter uns geschlossen hatten.

„Glaube ich nicht", entgegnete er und umarmte mich. „Wir haben einen Anfang gemacht, die anderen werden folgen."

„So etwas lange diskutieren zu müssen, ist ja auch nicht gerade ein prickelndes Vorspiel."

„Was meinst du, warum ich das jetzt abgekürzt habe?", entgegnete er, ließ seine Hände auf meinen Po wandern und drückte mich fest an sich.

Wir küssten uns, ich schmiegte mich an ihn und spürte seine Erektion. Der Mann schien wirklich große Lust auf mich zu haben. Aber das beruhte durchaus auf Gegenseitigkeit.

„Wie die Sache am Esstisch wohl ausgehen wird", überlegte ich laut, als wir unseren Kuss beendet hatten.

„Ich vermute, Jasmin wird Timo abschleppen. Sie bekommt immer den Mann, den sie will", mutmaßte Jannik.

„Das Problem ist eher Alina als Timo."

„Warten wir es ab", sagte Jannik knapp und küsste mich erneut.

Was mir ausgesprochen recht war. Ich war zwar neugierig, wie die anderen vier sich aufteilen würden, aber ich wollte nun auch nicht die halbe Nacht mit Spekulationen verbringen. Ich war jetzt im Schlafzimmer des Gastgebers – und das wollte ich genießen.

Während unserer ausgedehnten Knutscherei ließ Jannik seine Hände unter meinen kurzen Rock gleiten, den ich seit einem Spaziergang am Nachmittag noch immer trug – und der mir jetzt abhandenkam. Ich öffnete Janniks Hemd, er zog mir das T-Shirt über den Kopf und legte damit meine Brüste frei. Auf einen BH hatte ich auch an diesem Abend verzichtet. Die meisten unserer Sachen landeten auf dem Fußboden, und wir fielen fast nackt in das große Doppelbett.

Aber eben nur fast nackt. Er hatte keine Anstalten unternommen, mir den Slip auszuziehen und auch ich hatte ihn nicht von seinem befreit. Vielleicht empfand ich es deshalb auch nicht als problematisch, dass er sofort zwischen meinen Beinen lag und ich seinen steifen Schwanz auf meiner Muschi spürte. Es waren ja noch unsere Slips zwischen uns – auch wenn der Hersteller meines Strings nicht sonderlich viel Material hatte aufwenden müssen.

Wir küssten uns erneut, und Jannik bewegte sich eindeutig auf mir. Wären wir jetzt nackt, dann hätte ich ihn vermutlich gestoppt oder zumindest nach einem der Kondome gefragt, die griffbereit auf dem Nachttisch lagen. Aber dieses kleine Spiel mit dem Feuer war prickelnd. Ich spürte, wie ich immer feuchter wurde. Spürte er das auch? Eigentlich kaum vorstellbar – nicht durch zwei Slips hindurch.

Plötzlich erhob er sich und hockte sich zwischen meine Beine. Schade eigentlich, mir hatte dieses kleine Spiel gefallen. Allerdings gefiel mir auch, was Jannik nun tat: Er zog seinen Slip aus. Für einen Moment kniete er nun nackt vor mir und wir sahen uns an. Offenbar wollte er mir seine eindrucksvolle Männlichkeit in voller Pracht präsentieren. Dass Jannik einen eindrucksvollen Schwanz hatte, hatte ich ja schon in unserem Pool-Durcheinander am Abend zuvor auf wundervolle Weise zu spüren bekommen. Ich hatte das Gefühl, dass er mir das in diesem Moment noch einmal ganz deutlich zeigen wollte.

Im nächsten Augenblick tauchte er mit seinem Kopf zwischen meine Beine ab. Ich öffnete sie, und er drückte sein Gesicht in meinen Schoß. Ich konnte hören, wie er tief einatmete. Offensichtlich gefiel ihm der Duft meiner Muschi, auch wenn er den nur durch den Slip hindurch wahrnehmen konnte. Aber vermutlich würde er mich ja nun auch von diesem letzten Kleidungsstück befreien, und ich würde seine Zunge spüren können.

Mit der zweiten Vermutung behielt ich recht, mit der ersten nicht. Jannik schob meinen Slip lediglich zur Seite, um an meine Pussy zu kommen. Er liebkoste meine Schamlippen mit den Fingern, dann übernahm seine Zunge. Ich schloss die Augen und genoss sein Lecken, das erst sehr sanft war, dann aber immer intensiver und geradezu gierig wurde.

Ich hatte noch nie Probleme gehabt, zum Höhepunkt zu kommen. Aber selbst für meine Verhältnisse durchzuckte mich erstaunlich schnell ein erster, wenn auch sanfter Orgasmus. Jannik hielt inne, ließ seine Zunge aber auf meinem Kitzler, bis mein Zittern wieder abgeebbt war.

„Das ging aber schnell", sagte er schmunzelnd, schob meinen Slip wieder über die Muschi und tauchte aus meinem Schoß auf.

„Ja", entgegnete ich und strahlte ihn an. „Manchmal kann es auch schnell gehen, wenn ein Mann es richtig macht."

Er lächelte mich an, er freute sich sichtlich über mein Kompliment. Natürlich wusste er auch so, dass er es sogar sehr richtig gemacht hatte. Dass seine Lippen in dem abendlichen Zwielicht feucht glänzten, wirkte ungemein erotisch.

Ich hätte ihn gern geküsst und meine Feuchtigkeit auf seinen Lippen geschmeckt, aber der Mann hatte etwas anderes im Sinn. Er hockte sich über meinen Oberkörper und schob seinen großen Schwanz zwischen meine Brüste. Ich drückte sie zusammen, und er begann, sich vor und zurück zu bewegen. Allerdings war das eine eher trockene Angelegenheit – trotz eines Lusttropfens, der hervorquoll. Doch Jannik wusste, woher er sich mehr Feuchtigkeit für den Busenfick holen konnte.

Er zog seinen Schwanz zwischen meinen Brüsten zurück und schob ihn mir direkt vor das Gesicht. Ich griff danach und nahm ihn in den Mund. Meine Lippen schlossen sich fest darum und ich blies ihn gierig. Oh ja, auf diesen Schwanz hatte ich große Lust. Ich fand es schön, dass er ebenso glatt rasiert war wie ich. Einen Mann mit dem Mund verwöhnen, hatte schon immer zu meinen großen Vorlieben gezählt. Aber ich mochte es nicht, wenn ich Haare in den Mund bekam, was ich bei Männern mit wucherndem Urwald durchaus schon erlebt hatte.

Ich hätte Lust gehabt, den Blowjob weiter auszudehnen, aber Jannik zog sich bald wieder aus meinem Mund zurück. Ich sah ihn fragend an. Hatte ich etwas falsch gemacht?

„Das lass jetzt lieber", sagte er. „Sonst kann ich für nichts garantieren."

„Oh", entgegnete ich. „Bist du etwa auch schnell?"

„Eigentlich nicht. Aber du bläst einfach zu gut."

Ich schenkte ihm ein Zwinkern. In diesem Augenblick hörten wir das Quietschen eines Bettes im Nebenzimmer. Wir hatten den gleichen Gedanken, aber nur Jannik sprach ihn aus:

„Wer fickt da jetzt wohl mit wem?"

Ich zuckte mit den Achseln. Vorhin hatte ich noch eine Weile über dieses Thema spekuliert, nun aber wollte ich das nicht weiter vertiefen. Natürlich hätte es mich interessiert hätte, ob ich Ohrenzeugin davon war, wie mein Freund mit einer anderen Frau fickte, oder ob es Timo war, der das Bett nebenan zum Beben brachte – mit welcher der beiden anderen Frauen auch immer. Ich war zuversichtlich, dass ich das im Nachhinein noch erfahren würde. In diesem Moment jedoch wollte ich ganz bei dem Mann sein, dessen Schwanz gerade noch in meinem Mund gewesen war.

Auch Jannik ließ sich nur kurz von den Geräuschen jenseits der dünnen Holzwand ablenken. Ich hatte erwartet, dass er mit seinem nun angefeuchteten Schwanz den Busenfick wieder aufnehmen wollte. Doch im nächsten Moment lag er plötzlich wieder zwischen meinen Beinen – und wieder rieb sein Schwanz auf meiner Muschi. Das fühlte sich noch intensiver an als zu Beginn unseres Liebesspiels. Vermutlich auch deshalb, weil uns jetzt nur noch ein Slip trennte – und der war sehr dünn und ziemlich feucht. Das Spiel mit dem Feuer wurde noch heißer.

Ich hatte große Lust, den Mann in mir zu spüren. Jetzt wäre der richtige Moment, ihn nach einem Kondom zu fragen oder selbst danach zu greifen. Ich hätte nur meine Hand ausstrecken müssen. Aber meine Hände waren anderweitig beschäftigt. Sie lagen beide auf Janniks Rücken, wo sich meine Fingernägel in seine Haut krallten.

Wir sahen uns tief in die Augen. Ich war mir sicher, dass auch Jannik jetzt mit mir ficken wollte. Aber dieses hoch erotische Spiel unterbrechen, um Latex auszupacken? Irgendwie ging das auch nicht.

„Mein Slip ist noch im Weg", sagte ich.

„Ich weiß", entgegnete er nur, ohne seinen Blick oder seine Bewegungen zu verändern.

Jetzt ließ ich doch meine Hände von seinem Rücken gleiten. Allerdings nur, um zu meinen Hüften und zu meinem Slip zu greifen. Natürlich konnte ich ihn so nicht ausziehen. Nicht solange der Mann zwischen meinen Beinen lag. Und er machte keine Anstalten, sich von dort fortzubewegen, wie ich feststellen musste. Aber bei meinem Versuch war der String verrutscht. Plötzlich fühlte sich der Schwanz auf meiner Muschi ganz anders an. Jetzt war gar kein Stoff mehr zwischen ihm und meinen Schamlippen.

Jannik rieb weiter auf mir – gerade so, als habe er das nicht bemerkt. Ich konnte allerdings nicht glauben, dass ihm das entgangen war. Es musste sich doch auch für ihn anders anfühlen, mit seinem Schwanz direkt auf meiner Pussy zu gleiten statt auf dem Stoff meines Slips.

Der Blick, mit dem wir uns ansahen, wurde plötzlich seltsam ernst. Ich hätte später nicht sagen können, wie lange diese französische Schlittenfahrt dauerte. Auf jeden Fall erregte es mich maßlos, den blanken Schwanz auf meinen nassen Schamlippen zu spüren. Jannik sagte mir später in der Nacht, ich hätte währenddessen irgendwann genickt. Nur ganz leicht – eher die Andeutung eines Kopfnickens. Ich hatte keine Ahnung, ob das stimmte. Falls ja, dann war es unbewusst.

Jedenfalls war er plötzlich in mir. Die nasse Schlittenfahrt seines Schwanzes auf meinen Schamlippen war beendet. Stattdessen fickte er mich. Und wie! Mit heftigen und tiefen Stößen nahm er mich, und ich klammerte mich an ihn. Ein Kondom? Daran verschwendete ich jetzt keinen Gedanken mehr. Wir hatten den Beginn unseres Ficks unendlich lange hinausgezögert. Mein ganzer Körper schrie nach diesem Schwanz, und endlich war er in mir. Die Sache jetzt unterbrechen, ein Kondom überziehen und erst dann weitermachen? Das ging einfach nicht. Da waren wir uns absolut einig. Wobei ich mir sicher war, dass in diesem Augenblick keiner von uns beiden über die Sache überhaupt noch nachdachte. Wir fickten ganz einfach. Und wir machten es gummifrei.

Als wir während dieser Nummer einen weiblichen Orgasmusschrei aus einem der anderen Zimmer hörten, machte mich das noch mehr an – und Jannik offenbar auch. Er steigerte sein Tempo; wie besessen stieß er in mich. Es dauerte nicht lange, bis ich auf den Schrei von nebenan antworten konnte.

Jannik verharrte einen Augenblick in mir, wartete ab, bis das Beben meines Körpers sich beruhigt hatte, und fickte mich dann weiter. Bevor er mir einen zweiten Höhepunkt bescherte, war aus einem anderen Zimmer ein weiterer Schrei zu vernehmen. Wir hatten Sex in getrennten Räumen, aber irgendwie doch gemeinsam, schoss es mir durch den Kopf – nur dass ich nicht genau wusste, wer es nebenan mit wem tat. Meinen eigenen Orgasmus, der mich nun durchzuckte, erlebte ich sehr viel ruhiger. Ich beteiligte die Freunde in den Nachbarzimmern nicht akustisch daran.

Als auch der abgeklungen war, drückte ich gegen Janniks Schultern. Er verstand, packte mich und drehte uns, sodass ich nun auf ihm lag. Für einen Augenblick erwog ich, die Nummer zu unterbrechen, und ihn zu blasen. So etwas machte ich zwischendrin ganz gern mal – ganz einfach, weil ich den Eindruck hatte, bei manchen Männern die Sache damit verlängern zu können. Aber ich entschied mich dagegen. Dieser Schwanz fühlte sich einfach zu geil an. Ich wollte ihn weiter in mir spüren und keine künstlichen Unterbrechungen einfügen. Außerdem schien dieser Mann auf meine Mundmusik ja besser zu reagieren, als ich das in diesem Augenblick wollte.

Ich richtete mich auf ihm auf. Wir sahen uns an, aber sein Blick wanderte sehr schnell von meinen Augen zu meinen Brüsten, die nun im Takt unserer Bewegungen wippten. Das war einer der Momente, in denen ich ein bisschen stolz war auf meine großen Brüste. Und als der Mann nun danach griff und sie knetete, lächelte ich ihn mit funkelndem Bick an.

Ich steigerte mein Tempo, seine Hände wanderten zu meinem Po, und er packte fest zu. Nun ritt ich nicht nur auf ihm, sondern er stieß mich zugleich auch von unten. Ich ahnte, dass es mir bald noch einmal kommen würde. Doch bevor ich so weit war, verkrampfte sich Jannik, und ich spürte, wie sich sein Sperma in mich ergoss. Ein paar Stöße noch, und er kam schwer atmend zur Ruhe.

Ich ließ ihm die Pause, verhielt mich ganz ruhig und betrachtete den Mann unter mir. Auf seiner Stirn waren Schweißperlen zu erkennen, was mir ein Schmunzeln entlockte. Wenn er sich derart verausgabt hatte, dann hatte ich wohl etwas richtig gemacht.

Als sich sein Atem wieder normalisierte, wollte ich meinen Ritt fortsetzen. Aber leider musste ich feststellen, dass der Schwanz in mir zunehmend an Härte verlor – was natürlich ganz normal war. Doch so leicht wollte ich ihn nicht davonkommen lassen. Ich war kurz vor einem weiteren Höhepunkt gewesen. Den sollte er mir bitte auch noch bescheren.

Ich krabbelte von seiner Hüfte über seine Brust weiter nach oben und senkte meinen Schoß über seinen Kopf. Erfreulicherweise ließ er sich nicht lange bitten, sondern begann mich zu lecken. Seine Zunge fand meinen Kitzler, und ich bewegte mich ganz leicht auf ihm, während ich seinen Kopf in meinen Händen hielt. Mein nächster Orgasmus war wieder laut. Sehr laut.

Ich habe seit etlichen Jahren eine gute Freundin, die meint, ein Orgasmus sei doch gar nicht so wichtig. Wenn er kommt – schön. Und wenn nicht, dann eben nicht. Diese Sichtweise (die ja so einige Frauen haben) konnte ich noch nie teilen. Ich empfinde diese Welle, die durch meinen Körper bebt, jedes Mal wieder als etwas Sensationelles – etwas, das ich nicht verpassen möchte. Wenn ich Sex habe, dann will ich auch meinen Orgasmus – am besten mehrere. Und falls nötig, mache ich es mir auch selbst dabei, wenn ein Mann mich nicht so befriedigt, wie ich es möchte. Glücklicherweise war das mit Jannik nicht nötig. Er war sehr erfolgreich, mich zu meinen Höhepunkten zu bringen – wenn auch beim letzten Mal mit Aufforderung.

Wir lächelten uns an, als wir nun nebeneinander lagen. Vermutlich lag ein zufriedenes (und vor allem: befriedigtes) Strahlen in meinen Augen. Janniks Gesicht glänzte feucht – nicht nur sein Mund. Offensichtlich hatte er eben beim Facesitting einiges von meiner Feuchtigkeit abbekommen – und von seiner eigenen ja sicherlich auch. Ich hatte jedenfalls den Eindruck gehabt, dass sein Erguss in mir kurz zuvor ziemlich üppig gewesen war.

„Ich vermute mal, dass du die Pille nimmst?", fragte er irgendwann.

Das war jetzt nicht unbedingt eine Äußerung, die ich in der sinnlich-schmusigen Nach-Sex-Stimmung erwartet hätte. Sinnlichkeit und Romantik gingen anders. Aber es lag ihm wohl auf dem Herzen, das zu klären – zumindest im Nachhinein. Hatte er Sorge, mich womöglich geschwängert zu haben?

„Die Frage kommt ja reichlich spät", entgegnete ich schmunzelnd.

„Eigentlich ist das auch gar nicht so wichtig", erwiderte er.

„Ach so?", fragte ich erstaunt zurück.

„Ich bin sterilisiert, es kann also nichts passiert sein", sagte er nun.

Ach so. Er wusste also, dass nichts passiert sein konnte und wollte diese Gewissheit mit mir teilen. Das fand ich nun doch sehr schön und einfühlsam.

„Dann sind wir ja beide vollkommen safe", entgegnete ich. „Ich habe eine Spirale."

Beide mussten wir schmunzeln. Hatten wir das also geklärt.

„Macht ihr öfter blanken Partnertausch?", fragte ich ihn.

„Nein, normalerweise gehören Kondome dazu."

„Normalerweise? Oder immer?"

„Normalerweise. Hin und wieder passiert es auch mal ohne. Wenn sehr viel Nähe entsteht und es sich einfach harmonisch anfühlt, dann kann das schon mal passieren. Und ihr?"

„Wir nehmen normalerweise auch Kondome."

„Normalerweise?", fragte er schmunzelnd zurück.

„Ja", bestätigte ich. „Normalerweise."

„Da haben wir wohl etwas gemeinsam."

„Sieht ganz so aus."

Hin und wieder hatten auch Marco und ich schon blanke Fremdficks erlebt. Einmal sogar im Gewühl einer Silvesterparty mit völlig Fremden. Das hier in diesem Ferienhaus fühlte sich aber sehr viel stimmiger an. Natürlich würde ich Marco beichten müssen, dass ich es mit Jannik ohne Kondom gemacht hatte. Glücklicherweise war mein Freund bei solchen Dingen aber sehr entspannt. Er machte es ja auch lieber ohne.

Wir blieben noch eine ganze Weile wach und redeten. Es entstand eine Vertrautheit, die ich bisher nur selten beim Swingen erlebt hatte. Vielleicht war das ja eine Folge der getrennten Räume. Dass wir es irgendwann noch einmal machten, ergab sich ganz von selbst. Und natürlich machten wir es auch jetzt blank. Welchen Sinn sollte es auch machen, nun ein Kondom zu nehmen, nachdem der Mann bereits in mir gekommen war?

Nach unserer zweiten Runde schliefen wir ziemlich schnell ein. Ich sah Jannik noch ein wenig zu, wie sein

Atem immer ruhiger wurde, dann war auch ich im Reich der Träume.

Allerdings wurde ich irgendwann geweckt, als aus einem der Nebenzimmer erneut ein Orgasmusschrei zu vernehmen war. Ich tippte auf Alina. Da konnte aber jemand nicht genug bekommen. Sprach das nun dafür, dass sie sich doch auf getrennte Räume eingelassen hatte und ihre Nacht mit Marco besonders aufregend war? Aber vielleicht interpretierte ich das auch über. Sicherlich erlebte sie auch mit ihrem Timo sexreiche Nächte. Und vielleicht waren die verschiedenen Sexgeräusche im Haus (zu denen ja auch ich meinen Beitrag geleistet hatte) ausgesprochen anregend. Trotzdem sagte mir mein Bauchgefühl, dass drei und nicht nur zwei Paare die Partner getauscht hatten.

Als ich draußen auf dem Flur leise Schritte hörte, horchte ich. Offenbar war jemand auf die Toilette gegangen. Musste ich auch? Eigentlich nicht. Trotzdem stand ich auf und verließ das Schlafzimmer. Es prickte mich nun doch zu erfahren, wer da nebenan mit wem übernachtete – und fickte.

Als ich das Bad erreichte, öffnete Alina soeben die Tür von innen. Sie war ebenso nackt wie ich. Natürlich war sie das. Kalt war es ja schließlich nicht. Ich konnte ihr Lächeln im nächtlichen Zwielicht der hellen dänischen Sommernacht ganz gut erkennen. Und vermutlich erkannte sie auch die unausgesprochene Frage in meinem Gesicht. Statt einer Antwort umarmte sie mich. Erst dann sagte sie leise in mein Ohr:

„Dein Marco ist ein toller Lover."

Aha. Ich hatte also richtig gelegen mit meinem Bauchgefühl.

Alina und ich verharrten einen langen Augenblick in unserer Umarmung. Ich genoss das Haut-an-Haut-Gefühl, und offenbar ging es ihr nicht anders. Wir sahen uns in die Augen, und irgendwann küssten wir uns. Dann ging alles sehr schnell.

Plötzlich fanden wir uns auf dem großen Sofa im Wohnzimmer (zu dem es nur ein paar Schritte waren) wieder, und knutschten, als seien wir extrem ausgehungert – was keine von uns hätte behaupten können. Trotzdem hatten wir in diesem Augenblick wohl beide sehr viel Lust aufeinander. Bei mir war das jedenfalls so. Vielleicht kickte mich auch der Gedanke, dass diese Frau soeben Sex mit meinem Freund gehabt hatte. Dass Alina (wie auch ich) eine gewisse Neigung zum eigenen Geschlecht hatte, wusste ich: Es stand in ihrem Joyclub-Profil.

Ich ließ meine Lippen über ihren schönen Körper wandern, leckte die Nippel ihrer vollen Brüste und fragte mich, ob da in dieser Nacht wohl auch Marcos Lippen schon gewesen waren. Mit Sicherheit, beantwortete ich mir selbst diese Frage. Mein Freund liebte große Oberweiten – und Alina hatte an der Stelle ebenso viel zu bieten wie ich. Vielleicht sogar noch ein bisschen mehr. Aber möglicherweise wirkte das nur so, weil diese Frau kleiner war als ich.

Meine Lippen wanderten weiter über ihren Körper, ich küsste ihren Bauchnabel und schließlich legte ich mich in der 69 auf sie. Bereitwillig öffnete sie die Beine und ich atmete den Duft ihres Schoßes ein. Zugleich spürte ich ihre Hände an meinem Po und ihren Mund, der sich auf meine Schamlippen legte. Auch ich begann, sie zu lecken.

Sie schmeckte aufregend. Es war ja nicht das erste Mal, dass ich das mit einer anderen Frau machte. Der Geschmack von weiblicher Feuchtigkeit hatte mich jedes Mal erregt. Dieses Mal aber war diese Erregung noch stärker als sonst. Und plötzlich wusste ich auch warum: Alina schmeckte nicht nur nach der Feuchtigkeit ihrer Muschi. Da war noch ein anderer Geschmack zwischen ihren Schamlippen: der Geschmack von Sperma. Marcos Sperma! Jedenfalls schmeckte diese frisch gefickte Pussy nicht nach Latex. Offensichtlich würden mein Freund und ich uns gegenseitig etwas zu beichten haben … Ich war gespannt, ob Marco vor mir mit der Sprache herausrücken würde.

Alina und ich dehnten unser gegenseitiges Verwöhnen nicht allzu lange aus – aber immerhin lange genug, dass wir einander sanfte Höhepunkte bescherten. Und als hätten wir das so verabredet, blieben wir beide ganz leise dabei. Es war tief in der Nacht. Alle anderen schliefen, und wir wollten niemanden stören.

Montag:
Nachwirkungen einer Nacht

Der neue Tag startete eher schleppend. Anders als am Vortag hatte niemand auf dem Rückweg vom Joggen Brötchen geholt. Wer auch? Jannik war der Einzige in unserer Runde, den es in die Laufschuhe drängte. Aber nach dieser Nacht war er wohl zu ausgepowert für weiteren Frühsport. Den hatte er auch bereits mit mir im Bett gehabt – da musste der Mann nicht anschließend noch seine Laufschuhe anziehen. Immerhin hatte sich Jasmin aufs Fahrrad gesetzt, um unsere Gruppe mit frischen Backwaren zu versorgen.

Ich half beim Decken des Tisches, und als ich eine Käseverpackung in den Mülleimer werfen wollte, fiel mein Blick auf mehrere benutzte Kondome. Alle hatten wir es in dieser Nacht also nicht ohne gemacht. Hatte ich mich vielleicht geirrt, als ich tief in der Nacht geglaubt hatte, frisches Sperma in Alinas Muschi zu schmecken? War das vielleicht nur meine Fantasie gewesen, die von meinem eigenen Blankfick mit Jannik beflügelt worden war? So ganz wach war ich bei dieser spontanen Begegnung im Wohnzimmer ja gar nicht gewesen. Oder hatten Alina und Marco erst mit Gummi begonnen und erst später blank gefickt? Oder waren das hier im Abfall ausschließlich die Latex-Überbleibsel der Nacht von Jasmin und Timo? Ich war gespannt, ob ich das erfahren würde.

Ich stand noch immer am offenen Mülleimer, als Marco frisch geduscht aus dem Bad kam und mir einen liebevollen Guten-Morgen-Kuss gab. Er trug lediglich Slip und T-Shirt – genau wie ich.

„Ausgeschlafen?", fragte ich augenzwinkernd.

„Nicht wirklich", entgegnete er. „Aber ich hatte eine großartige Nacht."

„Das dachte ich mir. Und manches davon war ja auch zu hören."

„Von dir aber auch", entgegnete er schmunzelnd.

Ich sagte ihm zunächst nichts von meiner nächtlichen Begegnung mit Alina. Ich wusste allerdings auch nicht, ob sie ihm davon berichtet hatte, nachdem sie zu ihm zurück ins Bett geschlüpft war.

„Hat sich Alina dann also doch auf getrennte Räume eingelassen", sagte ich stattdessen.

„Ja", bestätigte Marco. „Nachdem du mit Jannik verschwunden warst, hat sich das dann doch sehr schnell so ergeben. Ich denke, es war ihr auch zu blöd, als einzige Hemmungen zu zeigen."

„Ich vermute mal, sie hat dann mit dir im Bett auch keine großen Hemmungen gezeigt?", hakte ich augenzwinkernd nach.

Mit dem Stichwort hatte ich ihm eigentlich die Gelegenheit gegeben, mir das entscheidende Detail seiner Nacht mit Alina zu verraten. Mit dem Begriff „hemmungslos" wird in der Swingerszene oftmals gummifreier Partnertausch umschrieben. Aber Marco nahm diesen Faden nicht auf, sondern sagte lediglich:

„Oh nein, sie war richtig gut drauf. Jedenfalls als sie erst einmal in Fahrt war."

„Kann ich mir denken", erwiderte ich und deutete mit einer Kopfbewegung auf den offenen Mülleimer, in dem die benutzten Kondome gut sichtbar waren: „Eure Überbleibsel der Nacht?"

Jetzt wiegte er mit einem leicht verlegenen Blick den Kopf hin und her, bis er ihn endlich schüttelte.

„Nein, die sind nicht von uns", sagte er und schob nach einer kleinen Kunstpause nach: „Wir haben es blank gemacht."

„Von Anfang an?"

„Ja."

„Wow, da musst du aber sehr überzeugend gewesen sein!"

„Lach nicht", entgegnete er. „Aber es war tatsächlich so, dass Alina mich dazu verführt hat – und nicht umgekehrt."

„Was ihr vermutlich ausgesprochen schwergefallen ist", entgegnete ich mit bewusst spöttischem Unterton.

Marco verdrehte die Augen. Natürlich fragte ich mich, wer bei den beiden wen verführt hatte. Dass mein Freund eine gewisse Abneigung gegen Kondome hatte, war mir sehr wohl bewusst – auch wenn er natürlich einsah, dass es beim Swingen besser war, die Dinger zu benutzen. Normalerweise jedenfalls.

Ich umarmte und küsste ihn, und flüsterte ihm ins Ohr:

„Alles gut, aber so ein Detail musst du mir verraten."

„Das habe ich doch gerade."

„Ja, deshalb ist es auch gut. Jannik und ich haben es heute Nacht auch ohne getan."

Marco sah mich an, und in seinem Gesicht formte sich ein breites Grinsen.

„Dann haben wir ja Gleichstand."

„Könnte man so ausdrücken. Aber offensichtlich ist das nicht bei allen so. Jasmin und Timo haben sich offensichtlich brav an die Regeln von Safer Sex gehalten."

Marco sah erneut in den Mülleimer.

„Sieht ganz so aus", bestätigte er. „Oder hast du anfangs mit Jannik ein Gummi genommen?"

„Nein, wir haben es auch gleich ohne gemacht."

„Und wer hat bei euch wen verführt?", hakte er nach.

Jetzt musste ich tatsächlich einen Augenblick nachdenken.

„Ich würde sagen, wir haben uns gegenseitig verführt", entgegnete ich schließlich. „Irgendwie hat es sich ganz einfach so entwickelt. Ich hatte es jedenfalls weder geplant noch provoziert. Und ich hatte auch nicht den Eindruck, dass Jannik mich bewusst dazu verführen wollte."

„Wer hat wen zu was verführt?", fragte Alina, die sich nun zu uns gesellte und offensichtlich nur noch den letzten Gesprächsfetzen mitbekommen hatte.

„Na du mich zu einer nächtlichen Einlage unter Frauen", entgegnete ich lächelnd und umarmte und küsste sie.

„Guten Morgen", schob ich schließlich nach, als sich unsere Lippen wieder voneinander gelöst hatten.

„Guten Morgen", entgegnete sie und wirkte beinahe ein wenig verliebt dabei.

Marco sah uns überrascht an.

„Nächtliche Einlage unter Frauen?", fragte er.

Dieses Detail der vergangenen Nacht war ihm wohl bisher verborgen geblieben.

Weitere Einzelheiten kamen zur Sprache, als wir endlich zu sechst am Tisch saßen und zwischen Rührei, Brötchen und Kaffee über die zurückliegende Partnertausch-Nacht sprachen. Niemand schien irgendetwas verheimlichen zu wollen. Im Gegenteil: Ich hatte eher den Eindruck, dass mancher in unserer Runde zu einem gewissen Verbal-Exhibitionismus neigte. So erfuhren wir beispielsweise, dass Jasmin eine Vorliebe für Sperma hatte, gern bis zum Ende blies und es auch schluckte – was Timo ausgesprochen genossen hatte, wie er beteuerte. Ich konnte beisteuern, dass auch ich so etwas dann und wann machte. Und am ersten Abend im Pool ja auch bereits getan hatte – ebenfalls mit Timo.

„Ich liebe den Blick eines Mannes, wenn ich das mache", ergänzte Jasmin.

„Ich weiß, was du meinst", entgegnete ich und zwinkerte ihr zu.

„Jasmin ist eine Spermaqueen", fügte Jannik hinzu.

„Gar nicht", widersprach sie ihrem Mann – allerdings mit einem Blick und in einem Tonfall, welche seine Aussage eher bestätigten als bestritten.

Ich fand es schön, dass niemand Scheu hatte, über die Dinge offen zu sprechen, die man so machte oder eben auch nicht. Das hatte ich selbst unter Swingern zuweilen auch schon anders erlebt. Als wir jedoch auf das Thema Kondome kamen, wurde Jasmin sehr schweigsam. Und irgendwann starrte sie Timo mit großen Augen an.

„Wenn ich das jetzt richtig verstanden habe", sagte sie zu ihrem Partnertausch-Lover der zurückliegenden Nacht, „dann haben wir zwei als einzige Gummis benutzt."

„Den Eindruck habe ich auch", bestätigte er.

„Hm", murmelte sie. „Und wie finde ich das?"

„Schlimm?", fragte ich.

„Nein", entgegnete achselzuckend. „Schlimm ist es nicht."

So ganz schlau wurde ich aus ihrer Antwort jedoch nicht. Verübelte sie ihrem Mann, dass er blank mit mir gefickt hatte? Ich hoffte inständig, dass das jetzt nicht die bisher so angenehm lockere Stimmung in diesem Ferienhaus trüben würde. Aber wir vertieften das Thema nicht weiter – was mich eigentlich wunderte. Wenn jetzt jemand den Vorschlag gemacht hätte, dass wir alle für den Rest der Woche doch auf Kondome verzichten sollten, dann hätte ich nicht widersprochen.

Aber diesen Vorschlag machte niemand – auch ich nicht, obgleich es mir auf der Zunge lag.

Möglicherweise wollten Alina und Jannik das mit ihren Partnern auch erst einmal abklären, bevor sie so etwas allgemein vereinbarten. Dass Alina dazu bereit wäre, konnte ich mir gut vorstellen. Sie hatte nicht viel zu dem Thema gesagt. Aber ihr hintergründiges Schmunzeln und ihre leuchtenden Augen sagten alles. Entsprach Marcos Aussage, wonach sie ihn dazu verführt hatte, vielleicht doch den Tatsachen? Falls ja, dann hatten sich in der vergangenen Nacht auf jeden Fall die Richtigen gefunden. Marco war ganz einfach kein Freund von Kondomen.

Vielleicht hatte auch deshalb niemand den Vorschlag für allgemeines Blankficken gemacht, weil wir das in dieser Runde gar nicht abschließend hätten vereinbaren können. Denn am Nachmittag sollte unsere Runde ja noch um ein viertes Paar erweitert werden. Und wer wusste schon, wie Louisa (25) und Sönke (27) in dieser Hinsicht tickten. Bei einem derart jungen Swinger-Paar schätzte ich die Wahrscheinlichkeit als eher gering ein, dass sie sich auf gummifreien Partnertausch einlassen würden. So blieb das Thema zunächst einmal ungeklärt im Raum stehen.

Marco bot nach dem Frühstück Küchendienst an. Was ich als angemessen empfand, denn bisher hatte sich mein Freund nicht allzu sehr am Haushalt beteiligt. Ich half ihm beim Aufräumen, und dank Spülmaschine dauerte das alles nicht allzu lange.

Als ich anschließend noch einmal kurz ins Bad ab-
biegen wollte, kam ich an den Schlafzimmern vorbei –
und stellte fest, dass in einem davon das Bett quietsch-
te. Für einen Augenblick blieb ich vor der Tür stehen
und lauschte. Da ich von den anderen in unserer
Gruppe niemanden sah, konnte ich nicht einschätzen,
wer es da mit wem trieb. Nur dass es Marco nicht sein
konnte, war mir klar. Der war ja vor einer Minute noch
in der Küche gewesen.

Schließlich konnte ich meine Neugierde nicht be-
herrschen und drückte leise die Klinke herunter. Als
ich die Tür weit genug geöffnet hatte, fiel mein Blick
auf Jasmins nackten Po – und zwischen diesen Pobacken steckte Timos Schwanz. Sie saß (oder genauer
gesagt: sie ritt) auf ihm und ich konnte gut erkennen,
wie der Schwanz des Mannes tief in sie stieß, wieder
zum Vorschein kam, um umgehend wieder in ihr zu
verschwinden. Was ich nicht erkennen konnte, war ein
Kondom. Die beiden hatten es in der vergangenen
Nacht als einzige nicht blank gemacht. Offensichtlich
hatten sie nun das Bedürfnis, in der Hinsicht etwas
nachzuholen. Schmunzelnd schloss ich leise wieder die
Tür und ließ die beiden allein.

Wären wir weiterhin nur zu sechst, dann wäre die
Kondomfrage für den Rest der Woche nun wohl mehr
oder weniger geklärt. Aber wir waren nicht mehr lange
nur zu sechst.

Es war bereits später Nachmittag, als Louisa und
Sönke eintrafen. Die beiden hatten am Wochenende

noch eine Familienfeier gehabt, die sie nicht hatten schwänzen können, weshalb sie (zu ihrem größten Bedauern, wie sie beteuerten) erst heute anreisen konnten. Dass sie in den vergangenen zwei Tagen und Nächten einiges verpasst hatten, glaubten sie gern, als Jannik mit süffisantem Blick darauf hinwies.

„Aber jetzt sind wir ja hier", sagte Louisa und atmete tief durch.

„Endlich", fügte ihr Mann hinzu.

Die Familienfeier war wohl anstrengend gewesen.

Dass wir den beiden nur den offenen Schlafboden übriggelassen hatten, empfanden sie keineswegs als schlimm. Innerlich schmunzelnd registrierte ich, dass alle Männer ihre Blicke an Louisas Po hefteten, als diese die Leiter zum Mattenlager nach oben kletterte. Ihr Hinterteil sah aber auch wirklich süß aus in diesen engen Jeans. Und wenn ich ehrlich war: Nicht nur die Männer hatten den Aufstieg der jungen, schlanken Frau zum Dachgeschoss mit aufmerksamen Blicken begleitet. Ob sie das wohl ebenso spürte, wie ich das zwei Tage zuvor wahrgenommen hatte? Gut möglich – Frauen haben für so etwas manchmal einen besonderen Sinn.

„Das ist doch das größte Schlafzimmer im ganzen Haus", stellte Louisa erfreut fest, nachdem sie und Sönke das Mattenlager unter der Dachschräge in Augenschein genommen hatten.

„Eine richtige Spielwiese", fügte ihr Mann hinzu. „Wie im Swingerclub."

Genau diesen Gedanken hatte auch ich gehabt, als wir am Samstag den Raum besichtigt hatten. Und Alina hatte es ebenfalls ausgesprochen. Der Eindruck drängte sich auch geradezu auf – jedenfalls Menschen, die diese sehr besondere Leidenschaft teilten, welche uns hier zusammengeführt hatte.

„Ihr seid schon verheiratet in euren jungen Jahren?", fragte Marco die Neuankömmlinge etwas später beim Abendessen.

Beide lächelten – und das wirkte wie eine Mischung aus Stolz und Verlegenheit. Beinahe so, als hätte man zwei Jungvermählte gefragt, wie die Hochzeitsnacht war.

„Wie lange denn schon?", hakte Alina nach.

„Seit drei Wochen", entgegnete Louisa.

„Was? So frisch?", entfuhr es mir. „Wow! Und da fahrt ihr zu einem Swingertreffen? Macht man da nicht lieber zu zweit eine Hochzeitsreise?"

„Das haben wir", erwiderte Sönke. „Zwei Wochen Teneriffa. Dann waren wir über das Wochenende bei Verwandten, und jetzt sind wir hier. Heute in einer Woche müssen wir beide wieder arbeiten."

„Erst Hochzeitsreise und jetzt Swingertreffen: Das klingt nach einem sexreichen Urlaub", merkte Jannik an.

„Kann man so sagen", bestätigte Louisa. „Auf Teneriffa haben wir es auch outdoor an verrückten Orten gemacht."

„Zum Beispiel?", wollte Timo wissen.

„Zum Beispiel auf diesem wüstenartigen Plateau unterhalb des Vulkans", berichtete Sönke. „Das war eine fast surreale Umgebung."

„Auf jeden Fall haben wir auf der Insel gevögelt, als gäbe es kein Morgen", fügte Louisa hinzu.

„Also von morgens bis abends", merkte Marco an. „Und jetzt gibt es die Fortsetzung."

„Sozusagen", bestätigte Sönke lachend. „Der Unterschied ist nur, dass wir hier auch mal Kondome brauchen werden."

Ja vermutlich, dachte ich. Ich sah den anderen fünf der ursprünglichen Gruppe an, dass sie ähnliche Gedanken hatten wie ich: Die Kondomfrage war wieder offen.

„Wie kommt man denn in so jungen Jahren schon zum Swingen?", fragte ich.

„Es hat vor allem etwas damit zu tun, dass ich mich nie so recht entscheiden konnte, ob ich Männer oder Frauen lieber mag", erzählte Louisa. „Und als ich Sönke kennenlernte, meinte er zu dem Thema, dass das eine das andere ja nicht ausschließen muss."

„Da hat Sönke auf jeden Fall recht", stimmte Alina zu.

„Wie lange swingt ihr denn schon?", fragte Marco.

„Knapp drei Jahre", entgegnete Sönke.

Doppelt so lange wie ich, schoss es mir durch den Kopf – und das, obwohl die beiden zehn, beziehungsweise zwölf Jahre jünger waren als ich. Die hatten wirklich früh angefangen mit dieser besonderen Spielart. Wobei ich vielleicht nie damit angefangen hätte, wenn Marco mich nicht dazu verführt hätte. Was allerdings ein Jammer gewesen wäre.

Dass sich die Swinger-Motivation eines Paares aus der starken Bi-Neigung der Frau ergab, war gar nicht so selten. So viel wusste ich inzwischen über die Szene. Bei den Swinger-Paaren, die bei Joyclub angemeldet waren, ließen nach meiner Einschätzung sicherlich 70 bis 80 Prozent der Frauen eine mehr oder weniger starke Bi-Neigung erkennen – weit mehr als unter den Männern. Auch Alina, Jasmin und ich hatten eine entsprechende Angabe im Profil gemacht. Allerdings stand bei uns bi-interessiert – also die etwas softere Variante. Bei Louisa stand ganz klar: bisexuell. Ich war gespannt, ob das vielleicht eine neue Dynamik in unsere Gruppe bringen würde. Absolut sicher war ich mir hingegen, dass alle Männer heiß darauf waren, mit der schönen jungen Frau zu vögeln. Hoffentlich waren sie nicht enttäuscht, falls sich Louisas Interesse möglicherweise auf Alina, Jasmin oder mich konzentrieren sollte. Nachdem diese Frau mit der starken Bi-Neigung zwei Wochen lang intensiven Hetero-Sex gehabt hatte, hielt ich das für nicht unwahrscheinlich.

Jannik hatte Marco (und der dann wiederum mir) am Nachmittag erzählt, dass er und Jasmin im Vorfeld dieses Urlaubs zunächst unschlüssig gewesen waren, ob sie Louisa und Sönke wirklich dabeihaben wollten. Die beiden waren jung und ausgesprochen attraktiv, aber ihr Alter sprach nach Janniks Einschätzung eher für eine gewisse Zurückhaltung dieses Paares – was die

Dynamik beim Gruppensex möglichweise bremsen würde. Sie hatten in ihrem Profil bei Joyclub zwar „Intensive Erfahrungen" als Swinger angeklickt (so wie alle hier), doch darunter konnte man schließlich recht unterschiedliche Dinge verstehen. Letztlich aber hatte Jannik dann doch nicht widerstehen können: Die Chance, mit dieser schönen jungen Frau Sex haben zu dürfen, sei einfach zu verlockend gewesen. Ich konnte ihn verstehen: Louisa hatte ein Lächeln, das aus dem Weichzeichner hätte stammen können.

Nach dem Abendessen wechselten wir vom Esstisch in die Sitzecke vor dem Kaminofen, die aus zwei Sofas, einem Sessel und einem flauschigen Berberteppich bestand. Es war zwar nicht kalt, aber Jannik entfachte ein Feuer, das eine angenehme Atmosphäre in den Raum zauberte. Außer ein paar Kerzen war der Feuerschein die einzige Lichtquelle im Raum – abgesehen davon, dass es in den hellen Sommernächten im Norden Dänemarks ohnehin nicht so richtig dunkel wurde. Allerdings zog Jannik die Vorhänge vor den großen Fenstern zu. Offenbar wollte er neugierige Blicke aussperren, falls sich abendliche Spaziergänger zu unserem Haus verirren sollten. War das ein Hinweis darauf, dass er vor diesem Kaminfeuer mehr plante als Smalltalk bei Rotwein? Höchstwahrscheinlich.

Allerdings blieb es eine ganze Weile beim geselligen Beisammensein, wobei unser anfängliches Gespräch in der gesamten Gruppe irgendwann in kleinere Grüppchen zerfiel. Ich saß neben Timo in einem Zweisitzer, und plauderte schließlich nur noch mit ihm, während ich die anderen sechs in unserer Runde kaum noch wahrnahm.

So erfuhr ich, dass Timos drei Jahre ältere Freundin es gewesen war, die vor zwei Jahren die Idee mit dem Swingen gehabt hatte. Alina bezeichnete sich selbst als Nymphomanin, wie er erzählte und lachend hinzufügte:

„So ganz falsch ist diese Selbsteinschätzung nicht. Am liebsten macht sie es mit mehreren Männern gleichzeitig."

Während Alina anfangs vor allem fremde Haut und immer wieder einen anderen Mann in sich spüren wollte, hatte sie mittlerweile entdeckt, dass ihr noch etwas anderes einen Zusatzkick gab:

„Alina erregte es, mir beim Fremdfick zuzusehen", sagte er. „Deshalb hat sie gestern Abend auch mit dem Partnertausch in getrennten Zimmern gezögert. Da konnte sie von meinem Sex mit Jasmin nicht viel mitbekommen."

„Allenfalls akustisch", entgegnete ich.

„Ja, mehr oder weniger. Aber ich neige nicht dazu, beim Sex laut zu werden."

„Na immerhin haben in der letzten Nacht alle die Betten zu Quietschen gebracht. Und das Haus ist sehr hellhörig."

„Das natürlich", stimmte er schmunzelnd zu.

Letztlich habe sich Alina dann aber doch auf die getrennten Räume eingelassen, weil sie ganz einfach Lust auf Marco gehabt habe, erzählte Timo weiter. Ich musste lächeln – und konnte Alina gut verstehen. Mein gut gebauter Freund war einfach ein attraktiver Mann. Und dass er gut im Bett war, konnte Alina seit der vergangenen Nacht auch bestätigen.

Unwillkürlich sah ich zu ihm hinüber. Marco saß mit Jasmin in dem anderen (etwas größeren) Sofa – und tauschte in diesem Moment intensive Zungenküsse mit ihr, wie ich jetzt feststellte. Auch die anderen vier, die es sich auf dem flauschigen Teppich etwas näher am Kamin bequem gemacht hatten, registrierten dies und sahen den beiden Knutschenden aufmerksam zu. Blieb es dabei – oder waren Jasmin und Marco soeben dabei, einen allgemeinen Reigen zu eröffnen?

Natürlich blieb es nicht dabei. Es dauerte nicht lange, und Jasmin war oben ohne. Das war ungefähr der Moment, in dem sich Timos Hand unter meinen Rock schob – wo seine Finger ungehinderten Zugang zu meiner Muschi fanden. Auf einen Slip hatte ich an diesem Abend wohlweislich verzichtet. Timos Augen funkelten, als er das registrierte. Er sah mich mit gierigen Blicken an, während sich seine Finger den Weg zwischen meine allmählich feuchter werdenden Schamlippen bahnten. Als er mir einen Finger tief hineinsteckte, schloss ich für einen Moment die Augen. Bevor ich sie wieder öffnete, küsste Timo mich.

Während unseres langen und intensiven Kusses ließ auch ich meine Hände auf Wanderschaft gehen. Ich öffnete ein paar Knöpfe an seinem Hemd und ließ eine Hand über seine unbehaarte Brust gleiten. Als ich diese Hand dann etwas weiter nach unten in seinen Schoß wandern ließ, wurden das Streicheln seiner Finger an meiner Pussy intensiver. Offenbar erregte es ihn, dass ich nun die Beule in seiner Hose massierte.

Ich beschloss, diese Beule näher in Augenschein zu nehmen. Ich öffnete seine Hose und beugte mich in seinen Schoß. Gemeinsam befreiten wir ihn von den Jeans, wobei auch sein Slip mit abhandenkam. Dass er sich umgehend auch von seinem Hemd befreite, erschien mir völlig normal. Ich tat es ihm gleich und zog auch meine Bluse aus, womit ich oben ohne war.

Timos Schwanz in meiner Hand fühlte sich gut an. Ich hatte Lust, ihn zu blasen und kniete mich vor das Sofa – und damit zwischen seine Beine. Bevor ich ihn in den Mund nahm betrachtete ich sein bestes Stück noch einmal aus nächster Nähe. Dieser Schwanz war nicht so groß wie der von Jannik, aber ich fand ihn schön – vermutlich auch deshalb, weil er nicht nur gut rasiert, schön geformt und sehr steif, sondern auch beschnitten war. Das hatte ich beim Swingen hin und wieder schon erlebt. Ich hatte es schon immer geliebt, einen Schwanz zu blasen, seit ich das als Teenagerin zum ersten Mal getan hatte. Aber einen beschnittenen Schwanz nahm ich noch lieber in den Mund. So ein Schwanz kam mir irgendwie immer gepflegter vor – obgleich ich natürlich wusste, dass auch die meisten Männer mit Vorhaut ihre Männlichkeit hygienisch sauber hielten. Vor allem dann, wenn sie Sex haben wollten.

Ich nahm ihn tief in den Mund und schloss meine Lippen fest darum. Während ich ihn blies, ließ er liebevoll eine Hand durch meine Haare gleiten. Vielleicht wollte er mit der Geste deutlich machen, dass ich bitte sehr nicht gleich wieder aufhören möge mit meiner

Mundmusik. Ich hatte keineswegs die Absicht. Auch als sich irgendjemand an meinem kurzen Rock zu schaffen machte, konzentrierte ich mich ganz auf Timo. Ich sah mich nicht einmal um, sondern ließ mir bereitwillig mein letztes Kleidungsstück ausziehen, und streckte dem Unbekannten hinter mir bereitwillig den Po entgegen. Im nächsten Moment würde ich sicherlich einen Schwanz an meinem Hinterteil spüren, mutmaßte ich. Wer das wohl sein würde? Ich widerstand der Versuchung, mich umzuschauen. Es hatte auch seinen Reiz, das einfach abzuwarten.

Doch zu meiner Überraschung spürte ich keinen Schwanz an meinem Hinterteil, sondern zärtliche Hände und küssende Lippen. Nun wollte ich es doch wissen und entließ Timos Schwanz an die Luft. Ich sah mich um und entdeckte Louisa, die meinen Po liebkoste. Sie war nackt – ebenso wie mittlerweile alle anderen im Raum. Offenbar hatte ich mit meinem Rock noch als Letzte irgendein Kleidungsstück getragen, als sie mich davon befreit hatte.

Jeder hatte nun in irgendeiner Weise Sex mit irgendwem. Jasmin und Marco, die mit ihrer Knutscherei den Reigen eröffnet hatten, fickten inzwischen. Sie saßen noch immer im Sofa, sie auf seinem Schoß und ritt auf ihm. Ich konnte nicht erkennen, ob sein Schwanz in einem Kondom steckte oder nicht. Anders als bei unserer ersten Spontanorgie am Samstagabend im Pool standen hier aber zumindest an verschiedenen Stellen kleine Schälchen mit Gummis bereit. Doch was hieß das schon? Als Jannik und ich es in der vergangenen Nacht blank gemacht hatten, waren ja auch Kondome in Griffweite gewesen – was wir beide jedoch großzügig missachtet hatten.

Möglicherweise enttäuschte ich Timo nun ein wenig, aber ich konnte nicht anders, als mich Louisa zuzuwenden, sie zu umarmen und zu küssen. Offenbar war das auch ganz nach ihrem Geschmack. Sie umarmte mich ebenfalls, drückte sich eng an mich und ließ ihre Zunge zu einem wilden Tanz mit meiner Zunge in meinen Mund schnellen. Ihr schlanker Körper fühlte sich warm und straff an.

Ich konnte nicht so recht einschätzen, wie sie es empfand, als sich Timo nun zu uns gesellte. Er kniete sich neben uns, drückte erst mir und dann Louisa einen Kuss auf die Wange. Als sie und ich unser Knutschen daraufhin beendeten, griff Timo umgehend zu meinem Kopf und küsste mich. Das hatte fast den Anschein, als wolle er mich zurückerobern. Der Gedanke gefiel mir. Doch er küsste mich nur kurz und wandte sich dann umgehend Louisa zu. Auch sie ließ sich bereitwillig auf einen intensiven Kuss mit ihm ein. Also doch kein Rückeroberungsversuch, sondern eher der Beginn eines Dreiers? Offensichtlich.

Ich spürte Timos Hand auf meinem Po und nahm wahr, dass seine andere Hand zu Louisas Hinterteil wanderte. Er drückte sich uns beiden entgegen und wir wechselten mehrfach die Kusspartner – jeder mit jedem und einmal auch ein gemeinsames Zungenspiel zu dritt.

So allmählich spürte ich jedoch den harten Holzfußboden unter meinen Knien. Seit ich zwischen Timos Beine abgetaucht war, war ich mehr oder weniger in dieser Position geblieben – auf jeden Fall stets mit den Knien auf dem Boden. Und bis hier reichte der große Teppich leider nicht. Dort vergnügte sich Alina mit Jannik und Sönke. Jannik kniete hinter ihr und nahm sie von hinten, während sie zugleich Sönkes Schwanz blies. Ich wurde ein wenig neidisch auf die deutlich weichere Unterlage, die die drei für ihr Liebesspiel hatten – und beschloss einen Positionswechsel.

Ich setzte mich in das kleine Sofa, öffnete meine Beine und warf sowohl Louisa als auch Timo einen Luftkuss zu. Es passierte genau das, was ich erhofft hatte: Louisa war umgehend zwischen meinen Beinen und versenkte ihren Kopf in meinem Schoß. Ihr Lecken war zärtlich und liebevoll. Wieder einmal stellte ich fest, dass sich solche Liebkosungen doch ganz anders anfühlten, wenn sie von einer Frau kamen.

Louisa war ganz bei mir, ich spürte ihre Zunge tief in meiner Muschi, dann wieder an meinem Kitzler und dann wieder zärtlich und sehr sanft zwischen den Schamlippen. Mir gefiel, was sie tat, und mir gefiel auch der Anblick ihres schönen, nackten Körpers. Als sich Timo nun hinter sie kniete und ihren Po küsste, schien sie das zunächst kaum wahrzunehmen. Womöglich war sie so sehr bei mir, dass es ihr fast egal war, wer da hinter ihr war – so wie das ja vor Kurzem auch mir ergangen war, als ich vor diesem Sofa gekniet und Timo geblasen hatte. Wenn ich mich sehr auf einen Menschen einlassen konnte, dann fiel ich zuweilen in eine regelrechte Sex-Trance, aus der ich mich nur ungern wecken ließ. Womöglich war das bei Louisa jetzt ebenfalls so.

Erst als Timo seinen Schwanz gegen ihren Po drückte und vermutlich zwischen ihre Beine wollte, griff sie mit einer Hand hinter sich – und stutzte. Ihr Kopf schnellte förmlich aus meinem Schoß und sie sah sich zu dem Mann um. Für einige sehr lange Sekunden starrte sie ihn an, bevor sie sagte:

„Hast du bitte mal ein Kondom!"

Das war keine Frage, das war eine Aufforderung. Timo lief ein wenig rot an, hatte ich den Eindruck. Er hatte sie wohl tatsächlich blank nehmen wollen. Nachdem vor der Ankunft des letzten Paares alle anderen hier zum gummifreien Partnertausch übergegangen waren, erschien ihm das wohl beinahe als selbstverständlich. Aber Louisa sah das ganz offensichtlich anders.

Ihr Griff zum eigenen Po, als sie den Schwanz daran spürte, war ein Griff, den auch ich mir im Gewühl angewöhnt hatte. Selbst im Durcheinander mit völlig Unbekannten im Swingerclub hatte ich mich schon bereitwillig ficken lassen – aber nicht ohne Gummi. Dieser Griff zum Schwanz eines Mannes im letzten Moment war eine Art Sicherheitsgriff. Man konnte (vor allem im Gewühl) schließlich nie wissen, ob ein Mann von sich aus ein Kondom übergezogen hatte. Im Gegenteil: Manche Männer legten es regelrecht darauf an, eine Frau zum Blankfick zu überrumpeln. So etwas war nicht schön, kam aber leider vor. Ich machte es zwar hin und wieder auch ohne Gummi – aber ich wollte doch selbst entscheiden, wann und mit wem. Ich vermutete allerdings sehr stark, dass Louisa und Sönke da eine grundsätzlich andere Einstellung hatten als Marco und ich – und auch die anderen beiden Paare, die seit Samstag schon hier waren.

Louisa ließ Timo nicht aus dem Blick, bis er seinen Schwanz wie gewünscht verpackt hatte. Glücklicherweise stand eins der Kondomschälchen in der Nähe, sodass er sich nur etwas strecken musste, um danach zu greifen. Louisa sah mich an, schüttelte mit verständnislosem Blick den Kopf – und versenkte ihn anschließend wieder in meinem Schoß. Nun allerdings ließ sie sich von Timo nehmen – nachdem sie im letzten Augenblick vor seinem Eindringen abermals hinter sich gegriffen hatte. Befürchtete sie, dass er sich heimlich das Gummi wieder abgezogen haben könnte? Natürlich gab es Männer, die so etwas (gern auch im Gruppensex-Durcheinander) machten. Bei Timo konnte ich mir ein solches Verhalten jedoch nicht vorstellen.

Die ganze Sache mit dem Gummi war ein luststörender Break gewesen –für uns alle drei. Ich konnte mich erst nach und nach wieder auf Louisas Liebkosungen in meinem Schoß einstellen und mich in das wohlige Prickeln fallenlassen, das sie mir mit Zunge, Lippen und Fingern bescherte. Allmählich aber kehrte es zurück. Dennoch war ich jetzt wacher und diesseitiger als vor dem Break. Ich war nur erstaunt, dass die Sache Louisas Stimmung offenbar kaum getrübt hatte. Jedenfalls verwöhnte sie mich wie zuvor: intensiv und voller Hingabe. Sie leckte mich, als wolle sie mir jegliche Feuchtigkeit aus der Muschi schlecken – womit sie natürlich genau das Gegenteil bewirkte. Timos Stöße schien sie zwar zu genießen, aber ich hatte den Eindruck, dass sie mehr bei mir war als bei ihm.

Ich ließ meine Blicke durch den Raum wandern und sah auch den anderen etwas aufmerksamer zu, als ich das vorhin getan hatte. Vor allem, als Jasmin nun einen (wenn auch verhaltenen) Orgasmusschrei von sich gab, waren meine Blicke bei ihr und Marco. Sie sackte auf ihm zusammen und verharrte. Dann aber stieg sie von seinem Schoß, und ich konnte gut erkennen, wie der Schwanz meines Freundes hervorschnellte. Offensichtlich hatte er noch keinen Höhepunkt gehabt, sonst hätte er sicherlich an Härte verloren. Aber mir fiel noch etwas anderes auf: Er steckte in keinem Kondom. Jasmin und mein Freund hatten es blank gemacht. Wie war das mit Jasmins Mann, der noch immer hinter Alina auf dem Teppich kniete und sie von hinten nahm? Machten die zwei es ebenfalls ohne? Ich konnte es nicht erkennen, aber es hätte mich jetzt eher gewundert, wenn sie ein Kondom genommen hätten. Aufgerissene Verpackungen konnte ich lediglich eine entdecken – und die lag neben Timo.

Meine Aufmerksamkeit kehrte zu der Frau zwischen meinen Beinen zurück. Taten ihr nicht auch so langsam die Knie weh auf dem harten Fußboden? Offensichtlich nicht. Und falls doch, so ließ sie es sich nicht anmerken. Jedenfalls leckte sie mich mit viel Gefühl und Ausdauer. Dabei spürte ich indirekt auch Timos Stöße in ihr. Als sich ein erster Höhepunkt ankündigte, schloss ich die Augen und vergaß alles andere um mich herum. Kurz darauf schrie ich meinen Orgasmus hinaus. Vermutlich war ich deutlich lauter als Jasmin kurz zuvor.

Louisa hielt inne, ließ ihre Zunge aber sanft zwischen meinen Schamlippen ruhen. Als mein Zittern immer mehr nachließ und schließlich ganz endete, leckte sie mich weiter. Noch sanfter als zuvor, und genau damit brachte sie mich sehr schnell zu einem zweiten Höhepunkt, der ganz still meinen Körper durchzuckte. Als auch dieser Orgasmus abgeklungen war, nahm ich ihren Kopf in beide Hände, hob ihn aus meinem Schoß und strahlte sie an.

„Frauen lecken einfach anders", sagte ich.

„Ich weiß", entgegnete sie, stand auf, setzte sich auf meinen Schoß und küsste mich.

Dass sie sich damit Timos Schwanz entzog, schien sie nicht im Geringsten zu stören. Sie hatte sich von ihm ficken lassen, aber ansonsten schien er ihr ziemlich egal zu sein. Offenbar waren Männer für diese Frau beim Gruppensex eher Beiwerk. Zumindest hier und jetzt.

Ich bekam noch aus den Augenwinkeln mit, wie Timo uns fassungslos anstarrte. Sein steifer Schwanz pendelte hilflos in der Luft, seine Augen schienen zu sagen: Ja und was ist mit mir? Dann aber gesellte er sich zu der Gruppe auf dem Teppich und entzog sich damit meinen Blicken.

Ich war nun wieder ganz bei Louisa – und sie bei mir. Wir küssten uns wie vorhin, ich ließ eine Hand in ihren Schoß gleiten und streichelte sie. Zugleich drückte sie ihr Gesicht in meinen Busen, küsste die Nippel und nahm dann die Brüste fest in die Hände. Offenbar gefiel ihr meine Oberweite, die deutlich größer war als ihre.

„Beneidenswert", murmelte sie. „C oder D?"

„80D", entgegnete ich.

„Gibst du mir eine Größe ab?" fragte sie augenzwinkernd. „Ich habe nur A – oder allenfalls mal B, wenn der BH klein ausfällt."

„Du weißt doch: Es kommt nicht auf die Größe an, Schatz", entgegnete ich.

Damit brachte ich sie zum Schmunzeln. Ich war tatsächlich der Meinung, dass das eine untergeordnete Rolle spielte – sowohl was weibliche Oberweiten als auch was männliche Geschlechtsteile anging. Und diese Frau mit ihren kleinen, aber festen und wohlgeformten Brüsten musste da nun wirklich keine Komplexe haben. Ich war mir sicher, dass ihr straffer Körper, zu dem diese Oberweite einfach sehr harmonisch passte, am FKK oder im Swingerclub viele gierige Männerblicke auf sich zog – und vermutlich auch einige weibliche. Diese Frau war in jeder Hinsicht ein absoluter Hingucker.

Alinas Orgasmusschrei lenkte uns für einen Augenblick ab. Sönke lag zwischen ihren Beinen und nahm sie in der Missio. Jasmin kniete daneben und streckte Timo ihren Po entgegen, der sie von hinten nahm. Zugleich blies sie Marcos Schwanz. Jannik stand etwas abseits, hatte sein Handy in der Hand und machte Fotos. Ob das erlaubt sein sollte, hätten wir eigentlich im Vorfeld klären müssen, befand ich. Auch Louisas Blick verriet, dass ihr das nur begrenzt gefiel. Über die Sache würden wir noch reden müssen. Aber natürlich nicht jetzt.

Mir fiel noch etwas anderes auf: Janniks Schwanz war eingefallen. Offenbar hatte er bereits einen Höhepunkt gehabt – wo oder bei wem auch immer er sein Sperma gelassen hatte. Die anderen fünf auf dem Teppich waren hingegen voll in Aktion. Ich wandte mich wieder Louisa zu, was ihr sehr recht zu sein schien.

Ich tastete ihren Körper mit den Lippen ab, hielt mich sehr lange bei ihren Brüsten auf und tauchte schließlich in ihren Schoß ab. Wie vorhin bei Timo kniete ich mich vor das Sofa zwischen ihre Beine. Meine Knie hatten sich inzwischen einigermaßen erholt. Ich war trotzdem ausgesprochen dankbar, dass Louisa zu einem Kissen griff und es mir reichte. Gute Idee, dachte ich, als ich es unter meine Knie schob. Vermutlich hatte auch sie vorhin den harten Fußboden mehr gespürt, als ihr lieb war.

Der Geschmack in Louisas Schatzkästchen war erregend, ihre Muschi feucht, warm und sehr eng, wie ich feststellte, als ich einen Finger hineingleiten ließ. Ich revanchierte mich für ihre Liebkosungen, und erstaunlich schnell bescherte ich ihr einen ersten Höhepunkt. Sie blieb ganz still dabei, aber das Zucken ihres Körpers wollte kaum ein Ende nehmen. Ich pustete ein wenig Luft auf ihre glattrasierte und feucht glänzende Pussy und wollte soeben ansetzen, meine Mundmusik wieder aufzunehmen. Da allerdings spürte ich eine Hand an meinem Po und drehte mich unwillkürlich um.

Es war Sönke – Louisas frisch angetrauter Mann. Ich schenkte ihm ein Lächeln, das er erwiderte. Dann wandte ich mich wieder seiner Frau zu. Als ich erneut begann, sie zu lecken, spürte ich, wie sich ein Schwanz zwischen meine Oberschenkel schob. Ich öffnete meine Beine, und umgehend war Sönke in mir. Er nahm mich mit ruhigen und tiefen Stößen, was mir gefiel. Auf die Weise konnte ich mich besser auf meine Liebkosungen in Louisas Schoß konzentrieren, als wenn er sehr heftig in mich gestoßen hätte. Erst als ich seine Frau zu einem zweiten, ebenfalls sehr ruhigen Orgasmus geleckt hatte, steigerte Sönke das Tempo in mir. Ich leckte Louisa noch einmal, nun allerdings etwas ruckartiger und weniger kontrolliert, weil Sönke nun doch sehr heftig wurde. Dennoch kam es ihr bald erneut. Kurz darauf hatte auch ich einen weiteren Höhepunkt. Von irgendwoher nahm ich einen Orgasmusschrei wahr, aber es war mir egal, wer das gewesen war.

Ich tauchte aus Louisas Schoß auf und sah ihr in die großen, blauen Augen. Sie hielt mich an den Schultern fest und sah mich ebenfalls an, während ihr Mann mich fickte. Ich ahnte, dass er bald so weit sein würde – und sollte recht behalten. Seine Hände verkrampften sich an meinen Hüften, er stieß mehrfach ruckartig nach, und schließlich drückte er sich nur noch gegen meinen Po und verharrte tief in mir. Erst als das Pulsieren in seinem Schwanz ganz aufgehört hatte und der Schrumpfungsprozess einsetzte, zog er sich aus mir zurück.

Ich sah mich zu ihm um und wir lächelten uns an. Erst jetzt realisierte ich, dass wir es mit Kondom getan hatten – das nun prall gefüllt an seinem nur noch halb steifen Schwanz baumelte.

Natürlich hatten wir das. Louisa und Sönke legten ganz offensichtlich mehr Wert auf Safer Sex als alle anderen hier. Das war mir bereits klargeworden, als Louisa Timos Blankfick-Versuch abgewehrt hatte. Aber ich hatte jetzt überhaupt nicht darüber nachgedacht, ob der Schwanz in mir in einem Kondom steckte oder nicht. Es wäre für mich auch ohne okay gewesen. Anders als bei meinen bisherigen Erlebnissen im Swingerclub hatte ich auch auf den Kontrollgriff vor dem Eindringen des Mannes verzichtet. Die Erlebnisse der vergangenen Nacht hatten deutliche Nachwirkungen auf mich – und damit war ich offensichtlich nicht die Einzige hier.

Ich stand auf und ließ mich neben Louisa ins Sofa fallen. Sofort umarmte und küsste sie mich, während ihr Mann sich auf meiner anderen Seite in den Zweisitzer zwängte. Als Louisa und ich unseren Kuss beendeten, wandte ich mich Sönke zu und küsste auch ihn. Ich hatte noch nie verstehen können, dass manche Swinger-Paare zwar Partnertausch machten, aber keine anderen Menschen küssen wollten. Für mich gehörte das einfach dazu. Glücklicherweise schienen das alle in unserer Achter-Runde ebenso zu sehen wie ich.

„So lieben wir das", strahlte Louisa: „Mit einer zweiten Frau zwischen uns."

„Ihr seid vor allem auf der Suche nach Frauen, wenn ich euer Joyclub-Profil richtig verstanden habe", sagte Jasmin und sah Louisa an.

Auch das Durcheinander auf dem Teppich war inzwischen zur Ruhe gekommen. Alle wirkten ermattet und befriedigt.

„Ja", bestätigte Louisa. „Die Suche nach einer Frau hat bei uns Priorität. Aber wir daten auch Paare – jedenfalls wenn die Frau eine Bi-Neigung hat. Das ist mir schon sehr wichtig."

„Aber offensichtlich magst du ja auch Männer", erwiderte ich schmunzelnd.

Immerhin hatte sie es in diesem Durcheinander nicht nur mit mir, sondern auch mit Timo getan – wenn auch erst nach einer Aufforderung, ein Kondom zu benutzen. Aber so etwas sollte beim Fremdfick ja eigentlich eine Selbstverständlichkeit sein – wenngleich diese Selbstverständlichkeit in dieser Runde bereits ganz erheblich zerbröselt war. Allzu viele Kondome waren jedenfalls nicht benutzt worden, hatte ich den Eindruck.

„Wisst ihr, was das jetzt war?", fragte Louisa in die Runde.

„Das war richtig geiler Gruppensex", entgegnete Alina fröhlich und mit funkelnden Augen.

Timo hingegen wirkte nach meinem Empfinden nicht ganz glücklich bei Louisas Frage. Hatte er Sorge, dass sie seinen Versuch thematisieren wollte, sie zum Blankfick zu überrumpeln? Jedenfalls starrte er sie an und wartete offenbar gespannt auf das, was nun kam.

„Das war mein erster Fremdfick als Ehefrau", sagte Louisa und wirkte sehr zufrieden mit sich und der Welt.

Und als ihr Mann sie nach dieser Bemerkung auch noch liebevoll küsste, strahlte sie über das ganze Gesicht. Auch wenn sie beim Sex weit mehr Interesse an mir als an Timo gezeigt hatte: Es schien ihr ausgesprochen gut zu gehen mit diesem Fick. Männer waren für sie wohl doch mehr als nur Beiwerk.

Über Kondome oder deren Vermeidung verlor niemand ein Wort. Timo atmete auf. Es gab keinen Grund für schwere Gedanken.

Wir blieben noch eine Weile vor dem Kamin sitzen, plauderten, tranken Wein, ließen auch Hände über nackte Körper wandern, eine zweite Gruppensex-Runde entwickelte sich jedoch nicht. Irgendwann stellte Jannik dann eine Frage in den Raum:

„Und wie verteilen wir heute die Zimmer?"

„Wie meinst du das jetzt?", fragte Louisa und schien ernsthaft überrascht zu sein.

„In der vergangenen Nacht haben wir die Partner durchgetauscht. Das könnten wir heute Nacht auch wieder machen."

Louisa wirkte nachdenklich und sah ihren Mann fragend an. Der hob unschlüssig die Schultern. Beide schienen mit dem Vorschlag nicht ganz glücklich zu sein.

„Also ihr könnt ja machen, was ihr wollt", sagte Louisa schließlich. „Aber ich möchte gern morgen früh neben meinem Liebsten aufwachen."

„Offen gestanden: ich auch", schloss sich Alina umgehend an und fügte augenzwinkernd hinzu. „Sonst bekomme ich ja gar keinen Sex mehr mit ihm."

Damit löste sie ein verhaltenes Lachen in unserer Runde aus. In dieser Orgie vor dem Kamin hatte ein ziemliches Durcheinander geherrscht. Aber offenbar hatte kaum jemand in irgendeiner Weise Sex mit dem eigenen Partner gehabt. Marco und ich hatten uns nicht einmal angefasst. Und ich hatte auch nur hin und wieder mal einen Blick auf ihn geworfen. Vermutlich hatte ich gar nicht mitbekommen, was er alles getrieben hatte. Allerdings musste ich mir auch eingestehen, dass ich eine ganze Weile sehr auf Louisa fixiert gewesen war.

Tatsächlich verteilten wir in dieser Nacht die Zimmer nicht neu. Jedes Paar übernachtete für sich. Und während Marco etwas später zwischen meinen Beinen lag, erfuhr ich ein paar weitere Details unserer Sexparty. Mein Freund hatte es sowohl mit Jasmin als auch mit Alina getrieben – und mit beiden hatte er blank gefickt. Das Wissen, dass der Schwanz, der in diesem Moment heftig in mich stieß, vor Kurzem noch in zwei anderen Muschis gesteckt hatte, erregte mich maßlos. Und als Marco mir kurz darauf einen Höhepunkt bescherte, hatte ich das Bedürfnis, diesen dem gesamten Ferienhaus lautstark mitzuteilen. Mit diesem Bedürfnis sollte ich auch in dieser Nacht nicht allein bleiben.

Dienstag:
Grenzen und deren Überschreitung

Beim Frühstück am anderen Morgen sprach Alina das Thema Fotografieren an. Ebenso wie ich zeigte auch sie sich irritiert, dass Jannik das am Vorabend ganz ungeniert (und vor allem: ungefragt) gemacht hatte. Natürlich wollten wir alle die Bilder dennoch sehen, und Janniks Handy wanderte um den Tisch. Einige der Fotos waren sehr erotisch und gefielen mir gut. Wir vereinbarten schließlich, dass Fotografieren erlaubt sein sollte, aber alle versprachen, die Bilder nirgendwo zu veröffentlichen – jedenfalls nicht ohne ausdrückliche Erlaubnis aller Menschen, die darauf zu sehen waren. Ich konnte mir gut vorstellen, dass sich das ein oder andere Bild nach dem Urlaub in dieser oder jener Bildergalerie bei Joyclub wiederfinden würde.

Wie am Vortag saßen wir wieder sehr lange am Frühstückstisch, bevor sich unsere Runde zerstreute. Marco und ich wollten einen Spaziergang machen, um die Umgebung zu erkunden, Louisa und Sönke schlossen sich an. Die anderen wollten lieber am Haus bleiben und entspannen. Vielleicht war das ja eine Folge unserer vergrößerten Runde. Zu sechst konnte man alles noch ganz gut gemeinsam unternehmen, zu acht neigte man dann schon wieder mehr zu Grüppchenbildung. Aber das war ja auch nicht weiter schlimm.

Es wurde eher eine Wanderung als ein Spaziergang. Immer wieder wechselten die Gesprächspartner, mal ging ich neben Louisa, mal neben Sönke, mal neben Marco. Jeder fand mit jedem einen guten Gesprächsfaden. Dabei ging es natürlich auch viel um Sex und das sehr besondere Hobby, das uns hier zusammengeführt hatte. Louisa wollte wissen, welche Pille ich nahm und erzählte, dass sie ihre gerade gewechselt habe und die neue besser vertrage. Dass ich mit Spirale verhütete, nahm sie interessiert zur Kenntnis und wollte ein paar Einzelheiten darüber wissen. Timos Versuch, sie während unserer Orgie vor dem Kamin blank zu ficken, sprach sie nicht an – was ich eigentlich erwartet hätte. Damit sah auch ich keinen Grund, die Sache zu thematisieren.

Ansonsten sprachen wir auch über unsere Jobs, Heimatorte oder Dänemark. Wobei ich natürlich nicht hätte sagen können, worüber die Männer redeten, als Louisa und ich eine ganze Weile vor ihnen gingen. Möglicherweise ja über unsere Hinterteile. Louisas Po zeichnete sich in ihren Jeans gut ab. Und auch meine Hose war nicht eben weit geschnitten. Da mein Freund Marco eine ausgeprägte Vorliebe für wohlgeformte weibliche Hinterteile hatte, konnte ich mir gut vorstellen, dass zumindest sein Blick immer wieder auf Louisa ruhte.

Gegen Ende unserer Wanderung hatte ich das Gefühl, dass wir alle vier gut warm miteinander geworden waren. Was mich sehr freute, da Louisa und ich am Vorabend vor dem Kamin so innigen Sex miteinander gehabt hatten. Sönke hatte mich zwar gefickt, aber trotzdem war ich ihm bei dieser Orgie längst nicht so nah gekommen wie seiner Frau. Und Louisa und Marco hatten während der Gruppensex-Party gar keinen ernsthaften Körperkontakt gehabt – was Marco außerordentlich bedauert hatte, wie er mir in der vergangenen Nacht verraten hatte. Ich konnte ihn gut verstehen.

Kurz vor Ende der Wanderung setzte Regen ein, den wir nicht erwartet hatten. Da niemand einen Schirm mitgenommen hatte, wurden wir einigermaßen nass und beeilten uns, zurück zum Ferienhaus zu kommen. Als wir es erreichten, entdeckten wir Timo und Jasmin auf der überdachten Terrasse. Sie saßen in Gartenstühlen, beide hatten sie Kaffeebecher vor sich auf dem Tisch, neben Jasmins Kaffee lag ein Buch. Für den Moment aber schienen beide nur andächtig dem Regen zuzusehen. Als wir unter der Überdachung waren, sahen sie uns schmunzelnd an.

„Wir sind nass geworden", sagte Louisa unglücklich.

„Wie genau meinst du das jetzt?", fragte Timo und belegte sie mit süffisanten Blicken.

Beinahe verlegen sah sie an sich herunter. Ihre Bluse klebte wie eine zweite Haut an ihr. Das war bei meinem T-Shirt zwar auch der Fall, aber anders als Louisa trug ich heute einen BH. Auch wenn ich die deutlich größere Oberweite hatte: Ihre kleinen Brüste unter dem nassen Shirt sahen ungemein erotisch aus – vermutlich mehr, als wenn sie oben ohne gewesen wäre. Auf Timos Bemerkung reagierte Louisa mit einem undefinierbaren Schmunzeln.

„Ich ziehe mich mal um", verkündete sie und verschwand im Haus.

„Und ich gehe mal duschen. Mir ist kalt geworden", fügte ich hinzu.

„Ich glaube, Alina und Jannik sind im Bad", rief Jasmin mir noch nach.

Na und wenn schon. Solange die zwei nicht die Dusche blockierten, sollte mich das nicht weiter stören.

Nein, unter der Dusche standen sie nicht, stellte ich fest, als ich jetzt ins Bad kam. Die zwei saßen im Whirlpool und vögelten. Sie hatte ihre Beine um seine Hüften und ihre Arme um ihn gelegt, und ihre Bewegungen waren unverkennbar.

So ganz schlau wurde ich nicht aus dieser Frau. Am Samstag hatte Alina als erste einen Alleingang initiiert, als sie Jannik ins Bad gelockt hatte. Tags darauf hatte sie sich zunächst nicht auf die Nacht mit getauschten Partnern einlassen wollen. Auch gestern Abend hatte sie nach der Orgie klar und deutlich gesagt, dass sie die Nacht lieber mit ihrem Freund verbringen wollte. Jetzt aber vögelte sie doch wieder im Alleingang mit unserem Gastgeber. Offenbar machte es für sie den entscheidenden Unterschied, ob getrennter Partnertausch eine komplette Nacht umfasste. Oder wo legte sie diese Grenze für sich fest?

„Lasst euch nicht stören", sagte ich, zog mich aus und ging unter die Dusche.

Die beiden erwiderten nichts und machten einfach weiter. Sie ließen sich tatsächlich nicht stören. Es wirkte sehr innig, wie sie es miteinander machten. Sie küssten sich lange und intensiv dabei. Hatten sie überhaupt mitbekommen, dass sie Gesellschaft bekommen hatten? Ich war mir nicht ganz sicher.

Das heiße Wasser war wundervoll und wärmte mich wieder auf. Aber das Blubbern des Pools war ebenfalls verlockend und versprach noch mehr Wärme. Doch durfte ich die beiden jetzt stören? Vielleicht, wenn ich mich einfach nur still an die Seite setzte? Der Pool war schließlich groß genug. Am Samstag waren wir sogar zu sechst darin gewesen. Und da hier mehr oder weniger jeder mit jedem Sex hatte, war es doch eigentlich ganz normal, wenn man dabei auch mal unerwartet Zuschauer aus nächster Nähe bekam.

„Macht einfach weiter, ich will mich nur etwas auf-wärmen", sagte ich, als ich mich in den Pool gleiten ließ.

Tatsächlich hatte ich den Eindruck, dass die beiden mich erst jetzt wahrnahmen. Sie sahen mich an und taten, wozu ich sie aufgefordert hatte: Sie vögelten weiter: ruhig, harmonisch, sinnlich.

„Vielleicht haben wir ja gar nichts dagegen, wenn du ein bisschen mitmachst", sagte Jannik.

„Doch, haben wir", widersprach Alina jedoch um-gehend.

Sie griff zu seinem Kopf, drehte ihn zu sich und küsste ihn.

Da wollte wohl jemand diesen Mann ganz und gar für sich haben – zumindest für den Moment. Aber ich hatte eigentlich auch gar nicht daran gedacht, mich einzumischen – auch wenn die Nummer der beiden inspirierend wirkte.

Ich blieb nur ein paar Minuten im Pool und sah dem fickenden Paar zu, das mich jedoch nicht weiter beachtete. Neben dem Blubberbecken stand das Schälchen mit Kondomen, das Jannik am Samstagabend so eilig geholt hatte. Eine aufgerissene Verpackung konnte ich nicht entdecken. Aha.

Nachdem ich mir kurz darauf trockene Sachen angezogen hatte, ging ich mit einer gefüllten Kaffeetasse auf die Terrasse und gesellte ich mich zu den anderen.

„Na, was machen Alina und Jannik?", fragte Jasmin, ohne von ihrem Buch aufzusehen.

„Sie ficken", entgegnete ich und setzte mich.

„Ach so", quittierte Jasmin meine Mitteilung über ihren Mann. „Das dachte ich mir eigentlich auch."

Zum Ende des Abendessens stand erneut die Frage im Raum, ob wir in dieser Nacht nicht erneut Partner und Zimmer tauschen wollten – so wie wir es Sonntagnacht bereits getan hatten. Alina hatte zu meiner Überraschung nichts dagegen einzuwenden – im Gegenteil. Offenbar hatten sie und Jannik bereits abgesprochen, die Nacht miteinander verbringen zu wollen. Louisa aber zögerte auch an diesem Abend.

„Nichts gegen eine Partnertausch-Nacht", sagte sie und sah Marco und mich an. „Aber wie wäre es denn, wenn ihr beide mit auf unseren Schlafboden kommt? Auf dem großen Mattenlager ist ja auch Platz für vier."

„Mindestens", pflichtete Sönke ihr bei.

Das Angebot empfand ich als Kompliment. Offenbar war auch in der Wahrnehmung dieses jungen Paares während der Wanderung am Nachmittag so viel Nähe entstanden, dass sie uns gern (und exklusiv) in ihr Schlafzimmer einladen wollten.

„Wäre das für euch auch okay?", fragte ich mit Blick auf Jasmin und Timo.

Wenn Marco und ich die Einladung auf den Schlafboden annahmen, und Alina und Jannik sich bereits für eine gemeinsame Nacht verabredet hatten, dann würden Jasmin und Timo zwangsläufig in einem Zimmer übernachten müssen – sofern sie nicht Marcos und mein leeres Zimmer nutzen wollten, um ganz allein zu schlafen. Aber an solch eine Verschwendung dachte vermutlich niemand. Dies hier war ein Swinger-Urlaub, und ich hatte doch sehr den Eindruck, dass alle das auch nutzen wollten.

„Ja klar", entgegnete Jasmin und wirkte überrascht. „Warum denn nicht?"

„Es wäre ja schließlich nicht unsere erste gemeinsame Nacht", stimmte auch Timo zu.

Ach ja. Vermutlich machte ich mir einfach wieder einmal zu viele Gedanken. Mein Kopf hatte mir schon so manches Mal im Weg gestanden, seit ich in die Welt der Swinger eingetaucht war. Wenn ich so darüber nachdachte: Den geilsten Sex hatte ich immer dann erlebt, wenn es mir gelungen war, das Denken einzustellen – was allerdings leichter gesagt war als getan. Ich war nun einmal ein Kopfmensch. Aber hin und wieder gelang es mir dann doch, mich in eine Sex-

Trance fallenzulassen und alles andere um mich herum zu vergessen.

Das Matratzenlager unter der Dachschräge war geräumiger, als ich es von der Besichtigung am Samstag in Erinnerung hatte. Louisa und Sönke erwarteten uns nackt auf der Spielwiese, als Marco und ich nach einem Gang ins Bad schließlich die Leiter nach oben geklettert waren. Schmunzelnd zogen auch wir unsere wenigen Sachen aus. Alle vier wussten wir ja schließlich, warum wir hier waren.

Allerdings hatte ich den Eindruck, dass bei Marco Zweifel daran aufkamen, als Louisa und ich wie selbstverständlich ein Liebesspiel unter Frauen begannen – und die Männer außen vor ließen. Sönke hingegen hatte wohl mit nichts anderem gerechnet. Jedenfalls lehnte er sich entspannt gegen die Wand und machte keinerlei Anstalten, sich bei uns einzumischen. Er hielt auch Marco zurück, als der eine Hand ausstreckte, und im nächsten Augenblick wohl Louisas Po zu fassen bekommen hätte.

„Lass die zwei erst mal", raunte er ihm leise zu, aber ich hatte es dennoch mitbekommen.

Ich genoss Louisas Küsse, die von meinen Lippen über meine Brüste und meinen Bauchnabel schließlich in meinem Schoß ankamen. Genau genommen, war sie für den Augenblick als einzige aktiv in unserer kleinen Gruppe. Ich lag auf dem Rücken, hatte meine Beine für meine Gespielin geöffnet und ließ mich wie am Vorabend von ihr verwöhnen. Sie ließ erst sanft und dann immer intensiver ihre Zunge durch meine Muschi gleiten, leckte meinen Kitzler ganz genau so, wie ich es mochte. Es war einfach eine Freude zu spüren, wie sehr diese junge Frau Lust auf mich hatte.

Obgleich sie deutlich jünger war als ich, hatte sie zweifellos mehr Erfahrung mit dem eigenen Geschlecht, als das bei mir der Fall war. Ich hatte diese Neigung erst beim Swingen entdeckt – zufällig in einem Club und zu meiner eigenen Überraschung. Ich zog im Zweifelsfall zwar immer einen Mann vor, aber die Zärtlichkeiten einer Frau konnte ich inzwischen ebenfalls genießen – und auch erwidern. Louisa hingegen hatte schon als Teenagerin Sex mit Freundinnen gehabt – die Jungs waren erst später hinzugekommen. Zeitweise, so hatte sie mir bei der Wanderung am Nachmittag verraten, hatte sie erwogen, vollkommen lesbisch zu werden. Dann aber war Sönke gekommen – ein Mann, der ihre Vorliebe für Bisex nicht nur tolerierte, sondern sehr schätzte. Es gab ja Männer, die auf die bisexuelle Neigung ihrer Partnerin mit Eifersucht reagierten – während andere sie als Geschenk betrachteten. Sönke gehörte eindeutig zur zweiten Kategorie.

Während Louisa mich jetzt verwöhnte, warf ich einen Blick zu den Männern. Offensichtlich machte es sie an, was sie sahen. Beider Schwänze waren jedenfalls steif. Ganz so entspannt, wie Sönke ansonsten wirkte, war er wohl doch nicht. Ich hatte den ganz starken Verdacht, dass die Jungs darauf brannten, ihre Einsatzbereitschaft unter Beweis zu stellen. Marco jedenfalls. Sönke hatte mir vorhin bei unserer Wanderung verraten, dass er und Louisa das bei Treffen mit anderen Paaren fast immer so hielten: Erst die Frauen allein, später durften die Männer dann mitmischen. Das sei für ihn zwar manchmal nur schwer auszuhalten, aber seine Frau wollte das so.

Ich konnte mir gut vorstellen, wie sehr Louisa nicht nur den Bisex auskostete, sondern auch die Blicke der Männer genoss. Dass sie sich so zwischen meine Beine gekniet hatte, dass die beiden jetzt einen guten Blick auf ihren süßen Po (und damit wohl auch auf den Ansatz ihrer Muschi) hatten, war sicherlich kein Zufall.

Marcos Augen verrieten Ungeduld. Ich hatte den Eindruck, dass er sich jetzt am liebsten hinter Louisa gekniet und sie genommen hätte. Offenbar hatte Sönke meinen Freund nicht über Louisas üblichen Fahrplan unterrichtet. Ich lächelte die Männer an und warf ihnen Luftküsse zu. Bald, sagte ich in Gedanken zu Marco. Bald darfst du sie ficken.

Ein bisschen gedulden musste er sich aber noch. Louisa leckte mich zu einem ersten Höhepunkt, der mich still, aber von Kopf bis Fuß durchzuckte. Als ich wieder zur Ruhe gekommen war, wollte sie mich weiter verwöhnen, aber ich zog an ihren Armen und sie legte sich auf mich. Wir küssten uns, unsere Pussys rieben aufeinander und ich drückte ihr meinen Schoß entgegen. Anschließend schob ich sie jedoch von mir herunter. Ich hatte das große Bedürfnis, mich in gleicher Weise für ihre Liebkosungen zu revanchieren. Als ich mit dem Kopf zwischen ihre Oberschenkel eintauchte, stellte ich fest, dass sie mindestens ebenso feucht war wie ich nach ihrem ausgiebigen Zungenspiel.

Nun waren wir also nicht nur vom Regen nass.

Wie schon am Vorabend bescherte ich ihr mit meinem Zungenspiel einen ausgesprochen schnellen Orgasmus. Offenbar machte ich irgendetwas richtig. Oder wir waren ganz einfach auf einer guten gemeinsamen Wellenlänge. Manchmal passte es einfach gut. Louisa strahlte mich an, als ich nun aus ihrem Schoß auftauchte und sie ansah.

„Komm her", sagte sie und drehte sich.

Wir saßen uns nun gegenüber, öffneten unsere Beine und schoben uns ineinander – bis sich unsere Pussys berührten. Louisa drückte sich mir entgegen, und schließlich begannen wir, uns aneinander zu reiben. Sie hatte ja vor Kurzem noch auf mir gelegen, auch da hatten wir unsere Pussys aufeinander gedrückt. Aber dieser Scherensex fühlte sich noch ganz anders an: intensiver, geiler!

Dass sich unsere Muschi-Säfte dabei vermischten, war sicherlich nicht zu vermeiden. Safer Sex war das jetzt nicht mehr. Offenbar machte Louisa in der Hinsicht doch gewisse Kompromisse. Das hätte ich nicht erwartet, nachdem sie am Vorabend Timo unmissverständlich klargemacht hatte, dass ohne Kondom nichts mit ihr laufen würde. Gegenüber Frauen war sie da wohl großzügiger.

Vielleicht war es an der Zeit, endlich einmal den Kopf abzuschalten und den aufregenden Sex mit dieser schönen Frau einfach nur zu genießen? Ich beschloss, genau dies zu tun. So halbwegs gelang mir das schließlich auch. Ich ließ mich fallen, spürte Louisas offene Muschi auf der meinen, wusste, wie feucht wir beide waren, und sah ihr ebenso tief in die Augen wie sie mir.

Als ich gerade aufhörte zu denken, holten mich jedoch die Finger einer männlichen Hand ins Hier und Jetzt zurück. Diese Finger schoben sich zwischen meine Schamlippen und damit zugleich auch in Louisas Spalte. Beinahe erschrocken sah ich zur Seite und blickte in Sönkes Gesicht. Er lächelte mich an und streichelte uns beide zugleich. Offenbar hatte er beschlossen, dass es nun Zeit für die Männer war, sich bei uns einzumischen.

Sein Fingerspiel dauerte jedoch nicht sehr lange. Schade eigentlich. Zumindest mir hätte er auf die Weise vermutlich einen Orgasmus bescheren können. Sönke jedoch hatte anderes im Sinn: Er zauberte ein kleines Spielzeug hervor und schob es in unsere Schöße: einen Doppeldildo – knallrot und sehr biegsam. Aber biegsam musste ein solches Spielzeug auch sein.

Wie auf Befehl rückten Louisa und ich ein Stück auseinander – allerdings nur so weit, dass Sönke das Spielzeug zum Einsatz bringen konnte. Er ließ die eine Seite des Gummipenis in Louisas Schatzkästchen verschwinden, um umgehend die andere Seite in meine Muschi zu schieben. Als er begann, uns mit diesem besonderen Spielzeug zu ficken, schloss ich meine Augen – die ich aber umgehend wieder öffnete, als ich erneut Finger an meiner Pussy spürte. Auch Marco begann sich einzumischen. Sönke benutzte den Doppeldildo, Marco seine Finger, die er zugleich zu Louisas und meinem Kitzler wandern ließ. Die Wirkung ließ nicht lange auf sich warten.

Ich war als erste so weit und ließ auch die Freunde im Erdgeschoss an meinem Höhepunkt akustisch teilhaben. Als es kurz darauf Louisa kam, war auch sie nicht eben leise – zumindest war sie sehr viel lauter, als ich das von ihr bisher kannte.

Sönke schob den Doppeldildo weiter zwischen uns hin und her, bis Louisa schließlich seine Hand festhielt.

„Genug damit", sagte sie.

Sie löste sich aus unserer Beinschere, was ich einerseits bedauerte. Dieses Spiel hatte ich als sehr aufregend empfunden. Andererseits aber hatte ich den Gedanken, der wohl auch Louisa umtrieb: Statt Gummi wollte ich nun lieber etwas Echtes spüren.

Mit einem Satz war sie auf den Knien und, streckte uns allen ihren Po entgegen und wackelte ungeduldig damit. Hätte sie stattdessen „Fick mich!" gesagt, wäre die Botschaft die gleiche gewesen. Wobei sie keinen der Männer angesehen hatte – es war ihr wohl ziemlich egal, wer von beiden den Dildo ersetzen sollte. Umgehend kniete ich mich neben sie und wartete ab, was die Männer mit unserer doppelten Aufforderung anfangen würden.

„Wenn sie erst einmal einen Dildo in sich hatte, dann will sie auch einen richtigen Schwanz", erzählte Sönke mir am nächsten Tag in einem ruhigen Moment.

Er kannte seine Frau wirklich gut – und wusste, wie er einen eleganten Übergang vom Lesbo-Sex zum gemischten Vierer einleiten konnte.

Natürlich wunderte es mich keineswegs, dass Marco es jetzt war, der sich hinter Louisa kniete. Ich bekam aus den Augenwinkeln noch mit, wie Sönke meinem Freund ein Kondom reichte. Es war keins von der Sorte, die unsere Gastgeber im ganzen Haus verteilt hatten. Das frisch gebackene Ehepaar hatte offensichtlich eigene Gummis zu diesem sehr besonderen Urlaub mitgebracht. Aber das hatten natürlich auch wir getan. Allerdings konnten wir unsere am Ende der Woche vollzählig wieder mit nach Hause nehmen.

Als ich Marcos Stöße an Louisas Bewegung wahrnahm, war auch Sönke in mir. Die Männer nahmen uns beide mit heftigen und schnellen Stößen. Da entlud sich offenbar etwas, das sich zuvor mehr und mehr aufgestaut hatte. Louisa griff zu meinem Kopf und küsste mich. Unsere Zungen spielten miteinander, aber das dehnten wir nicht allzu sehr aus. Die kräftigen Stöße der Männer in uns machten es schwierig, sich zugleich auf etwas anderes zu konzentrieren. Und diese Stöße zeigten bald Wirkung. Der Höhepunkt, zu dem Sönke mich fickte, war anders als der zuvor. Aber ich war ebenso laut wie beim ersten Mal. Sönke hielt einen Moment inne und machte dann mit unverminderter Heftigkeit weiter. Er brauchte nicht lange, bis auch er in mir kam.

Nun wurde er immer ruhiger, kam ganz zum Stillstand, blieb aber in mir. Als sein Schwanz zu schrumpfen begann, zog er sich aus mir zurück. Beide setzten wir uns mit dem Rücken an die Wand und sahen den anderen beiden zu, die noch heftig dabei waren. Ich hatte nicht den Eindruck, dass es Louisa in dieser Stellung kommen würde. Nicht alle Frauen waren von der Natur mit der Fähigkeit zu einem rein vaginalen Orgasmus gesegnet. Dass das bei mir der Fall war, empfand ich als Gnade – vor allem, seit ich beim Swingen erlebte, wie viele Frauen ein solches Geschenk nicht erhalten hatten.

Ich beschloss, Louisa zu unterstützen und schob mich in die 69 unter das fickende Paar. Aus nächster Nähe konnte ich nun Marcos Schwanz betrachten, wie er tief in diese Frau stieß. Und als ich meine Zunge durch ihre Schamlippen zu ihrem Kitzler wandern ließ, stieß sie ein kurzes „Ja, jaahhhh!" aus. Offensichtlich waren meine Liebkosungen genau das, was ihr in diesem Moment noch gefehlt hatte. Jedenfalls wurde Louisa kurz darauf ebenfalls von einem Orgasmus geschüttelt, der heftig zu sein schien. Sie zitterte am ganzen Körper, bäumte sich auf und sackte schließlich zusammen.

Als der Höhepunkt ganz abgeklungen war, ließ sich Louisa plötzlich nach vorn auf den Bauch fallen – offensichtlich zu Marcos Verblüffung, dem sie sich damit entzog.

„Ich kann nicht mehr", sagte sie schnell und heftig atmend, krabbelte zu ihrem Mann und kuschelte sich an ihn.

Ich hatte ein Déjà-vu: Mein Freund wirkte ganz ähnlich wie Timo am Vorabend, als Louisa sich ihm plötzlich entzogen hatte. Auch Marco sah seiner geflüchteten Gespielin fassungslos nach. Sein Schwanz ragte steil aufgerichtet in die Luft, bereit und begierig zum Fick – aber die Frau vor ihm war plötzlich verschwunden. Damit konnte ich ihn unmöglich alleinlassen. Ich drehte mich um, kniete mich vor ihn, griff zu seinem

Schwanz und zog ihm das Gummi ab. Als ich ihn in den Mund nahm, stieß er auch schon zu. Er fickte mich eher in den Mund, als dass ich ihn blies – und das heftig. Aber Marco war hoch erregt, ich wusste, dass er kurz vor seinem Höhepunkt war. Daher ließ ich es geschehen. Kurz darauf sprudelte sein Sperma in meinen Mund. Erst als sein Orgasmus vollkommen abgeklungen war und ich alles geschluckt hatte, öffnete ich meine Lippen wieder.

Marco lächelte mich befriedigt an. Ich wusste doch, wie ich den Mann glücklich machen konnte – auch wenn mir natürlich klar war, dass er in dieser Situation lieber in einem anderen Mund (oder noch lieber: in einer anderen Muschi) gekommen wäre. Aber mit diesem Gedanken hatte ich keine Probleme. Schließlich waren wir hier nicht nur zu zweit – und beide liebten wir Fremdsex. Ich hatte ja auch soeben einen Orgasmus erlebt, den mir ein anderer Mann beschert hatte.

Wie war das doch mit dem Abschalten des Kopfes?

Alle vier lächelten wir uns an, ich nahm dankbar die Wasserflasche entgegen, die Louisa mir reichte, und die sie bereits zur Hälfte geleert hatte. Hier oben unter dem Dach war es noch etwas wärmer als im Rest des Hauses. Und trotz des Regens am Nachmittag machte sich die Wärme des Sommers deutlich bemerkbar.

„Du schluckst es?", fragte Louisa.

„Ja, kommt manchmal vor", bestätigte ich. „Du nicht?"

„Selten. Und ich lasse mir auch nur von Sönke in den Mund spritzen – der allerdings liebt das."

Ihr Mann quittierte die Feststellung mit großen Augen und einem heftigen Kopfnicken.

„Schluckst du auch fremd?", hakte Louisa nach.

„Das kommt gelegentlich auch mal vor", entgegnete ich. „In der Hinsicht habe ich nur wenige Tabus. Ich finde es auch geil, wenn ein Mann mich anspritzt."

„Wohin darf ein Mann bei dir denn spritzen?", wollte Sönke wissen. „Ich meine: nicht nur Marco, sondern auch jemand beim Partnertausch."

„Naja", setzte ich an und überlegte einen Augenblick. „Eigentlich überall hin. Es kommt immer sehr auf den Mann und die Situation an."

„Überall? Wirklich überall?", fragte Louisa ungläubig.

„Ich hatte es jedenfalls schon an diversen Stellen auf mir", stellte ich fest.

„Im Gesicht?", fragte Sönke.

„Ja."

„Und auf der Muschi?", wollte Louisa wissen. „Fremdes?"

„Auch das ist schon passiert", entgegnete ich achselzuckend. „Als Frau kann man so etwas ja nicht wirklich steuern. Und manchmal kommt mir ein Mann ja auch beim Partnertausch so nah, dass ich ihn nicht mehr als fremd empfinde."

Dass wir während dieses Gesprächs über Sperma und Vorlieben einen Orgasmusschrei aus einem der

Schlafzimmer im Erdgeschoss vernahmen (und kurz darauf noch einen weiteren), quittierten wir alle mit wissendem Schmunzeln. Wir hatten soeben zu viert gefickt, wir sprachen über Sex, und im Erdgeschoss vögelten zwei weitere Paare fröhlich im Partnertausch. Wenn man mich vorher gefragt hätte, was ich von dieser Woche erwarten würde, so hätte ich ziemlich genau das beschrieben, was wir soeben erlebten. Das ganze Ferienhaus war geradezu geschwängert von Sex und Erotik.

Es war schon spät gewesen, als sich unsere Achterrunde vorhin nach dem Abendessen aufgelöst hatte. Und nach unserem ausgedehnten Sex zu viert spürte ich nun doch die Müdigkeit – womit ich nicht allein war. Louisa war es, die sich irgendwann aus unserem Nach-Sex-Gespräch verabschiedete, indem sie sich einfach auf die Matratze fallen ließ und ihre dünne Decke über sich zog.

„Macht ihr dann bitte noch das Licht aus?", murmelte sie und war wohl sehr nah am Einschlafen.

Wir alle mussten schmunzeln. Hier brannte kein Licht. Wir hatten nicht einmal eine Kerze entzündet. Aber da niemand die Verdunkelung des großen Dachflächenfensters geschlossen hatte, war es zwar nicht wirklich hell, aber es war auch nicht richtig dunkel. Skandinavien im Sommer eben.

Ich war zwar ebenfalls müde, doch alle drei Menschen um mich herum schliefen bereits, als ich kurz darauf noch wach lag und in die Stille des Hauses horchte. Ich war wohl noch immer aufgewühlt von unserem aufregenden Sex zu viert – und trotz Müdigkeit hätte ich auch nichts gegen eine weitere Runde einzuwenden gehabt. Wenn nicht mit, dann auch ohne Louisa. Es gab Momente, da konnte ich einfach nicht genug bekommen. Eigentlich war dies ein solcher Moment.

Doch auch die beiden Männer waren kurz nach Louisas Wegdämmern unter die Decken gekrochen. Dann eben nicht, dachte ich und zog ebenfalls eine Decke über mich. Für eine Sekunde erwog ich, es mir noch einmal selbst zu machen. Aber das war mir dann auch wieder zu blöd angesichts der drei Lover um mich herum. Mit dem Gedanken dämmerte ich schließlich ebenfalls weg.

Ich hatte keine Ahnung, wie lange ich geschlafen hatte, als ich von einem deutlichen Schnarchen geweckt wurde. Doch dieses Schnarchen kam von keinem der drei Menschen, zwischen denen ich lag. Es kam aus einem der beiden Schlafzimmer im Erdgeschoss. Es klang männlich, ich tippte auf Jannik, war mir aber nicht ganz sicher. In jener Nacht an meiner Seite hatte er nicht geschnarcht. Aber vielleicht hatte ich da auch nur besser geschlafen und das nicht bemerkt. Ich horchte ein wenig, dann drehte ich mich auf die andere Seite und wollte weiterschlafen – in der Hoffnung, dass der Schnarcher unten im Haus vielleicht irgendwann von der Frau neben ihm angestupst würde und seine Ruhestörung einstellen möge.

Was aber vorerst nicht passierte, weshalb ich noch einen Moment ins Zwielicht blickte. Mir fiel auf, dass es draußen bereits wieder hell zu werden begann. Vielleicht hätten wir doch die Verdunkelung über uns schließen sollen. Dann fiel mir noch etwas anderes auf: Nicht nur ich war im Schlaf gestört worden. Ich blickte in zwei offene Augen. Und diese Augen gehörten Sönke.

Wir sahen uns eine Weile an, und schließlich wanderte eine Hand von ihm zu mir. Er streichelte meine Brüste, und als ich nichts dagegen einzuwenden hatte, wurde sein Griff fester. War Sönke ernsthaft wach? Oder fiel das eher unter Schlafwandeln? Doch, der Mann war wach – sehr wach sogar, wie ich nun beim Griff in seinen Schoß feststellte. Über sein Gesicht huschte ein Lächeln, als ich an seinem Schwanz rieb. Dass seine Hand daraufhin von meinen Brüsten zwischen meine Beine wanderte, erschien mir ganz normal.

Sanft und zärtlich streichelten wir uns eine ganze Weile und sahen uns dabei tief in die Augen. Schließlich aber tauchte ich mit dem Kopf unter seine Decke und ließ den Schwanz von meiner Hand zwischen meine Lippen gleiten. Ich blies ihn ausgiebig, kraulte seine Eier, doch ich vermied es, allzu intensiv zu werden. Wir hatten vorhin darüber gesprochen, dass ich nichts gegen fremdes Sperma im Mund hatte. Aber ich wollte das jetzt auch nicht direkt unter Beweis stellen, wie Sönke möglicherweise erwartete. Jedenfalls spürte ich seine Hände auf meinem Kopf, und sein Schwanz drückte sich mir entgegen. Er wollte es intensiver. Ich aber nicht.

Ich tauchte aus seinem Schoß wieder auf und küsste ihn. Als sich unsere Lippen wieder voneinander lösten, funkelte er mich an und machte eine angedeutete Kopfbewegung zu Seite. Erst jetzt bemerkte ich, dass auch Louisa und Marco wach waren – und sehr aktiv. Mein Freund lag zwischen ihren Beinen und nahm sie in der Missio – ruhig und gefühlvoll. Es wirkte sehr harmonisch, wie die beiden es miteinander taten. Und beide sahen sie uns an. Offenbar hatte sie unser Spiel animiert – auch wenn sie mich unter Sönkes Decke ja gar nicht richtig hatten sehen können. Aber natürlich war ihnen auch so bewusst gewesen, was ich da getan hatte. Beinahe verlegen lächelte ich die beiden an – gerade so, als müsse ich mich ertappt fühlen.

Dann lösten Louisa und Marco ihre Blicke von uns und waren ganz beieinander. Sie küssten sich lange und intensiv, und Marco erhöhte sein Tempo in ihr. Ich sah den beiden fasziniert zu, es sah sehr schön aus, wie sie ihre schlanken Beine angewinkelt hatte und er sich in ihrem Schoß bewegte. Schließlich aber wandte ich mich wieder Sönke zu, dessen Schwanz ich noch immer in der Hand hielt – allerdings ohne sonderlich aktiv zu sein.

Der Mann lag auf dem Rücken und sah ebenfalls dem fickenden Paar neben uns zu. Ich setzte mich auf seine Beine und nahm seinen steifen Schwanz in beide Hände. Er sah mich lächelnd an. Erwartete er, dass ich ihn erneut blies? Falls ja, dann enttäuschte ich ihn. Ich rieb einen Augenblick an seinem besten Stück, dann schob ich meinen Schoß näher an ihn heran – so nah, dass sein Schwanz gegen meine Muschi hätte stoßen können, wären nicht meine Hände dazwischen gewesen.

Eine davon löste ich nun jedoch wieder. Und mit der anderen drückte ich seine Männlichkeit gegen meine Schamlippen. Ich dachte nicht weiter darüber nach, ich tat es ganz einfach. Ich rieb mich an ihm, wenn auch nur ganz sanft. Aber offensichtlich versetzte ihn diese kleine französische Schlittenfahrt in helle Aufregung. Seine Augen jedenfalls wurden immer größer, als ich ihn ansah und seinen Blick nicht mehr entkommen ließ. Als ich mit seinem blanken Schwanz immer stärker an meiner Spalte rieb, wuchsen seine Augen ins Unermessliche. Und als er plötzlich in mich hineinglitt, riss er auch den Mund auf. Fast erwartete ich, dass er protestieren würde. Sein Blick zeigte eine Mischung aus Erstaunen und Geilheit – Geilheit bekam aber sehr schnell die Oberhand.

Seine Hände wanderten zu meinem Po, sein Griff war fest, als er mich von unten zu stoßen begann. Plötzlich griff er noch fester zu, packte mich und drehte uns – sodass er nun in der Missio zwischen meinen Beinen lag. Offenbar wollte der Mann den Rhythmus selbst bestimmen – was nach diesem Stellungswechsel natürlich einfacher für ihn war.

Ich hatte nichts dagegen, in der Missio gefickt zu werden. Eigentlich mochte ich diese Stellung, in der ich mich am stärksten als Frau fühlen konnte, sogar ausgesprochen gern. Und Sönke offenbar auch. Er stieß mit schnellen und heftigen Stößen in mich, was ich sehr genießen konnte. Ich wurde nur einmal kurz abgelenkt, als ich Louisas wimmernden Orgasmus wahrnahm. Sie war nicht sonderlich laut, aber doch laut genug, dass ich es nicht überhören konnte. Kurz darauf kam offensichtlich auch Marco in ihr. Jedenfalls kamen beide schließlich zu Ruhe – und ich war wieder ganz bei Sönke.

Ich hatte keine Ahnung, ob auch mein Stecher die beiden Höhepunkte neben uns wahrgenommen hatte. Vermutlich eher nicht. Er fickte mich wie besessen – noch immer mit weit aufgerissenen Augen und beinahe wie in Trance. Vielleicht war er ja wirklich in eine Sex-Trance geraten. Dafür sprach, dass er meinen Orgasmus kaum wahrzunehmen schien, sondern mit unverminderter Heftigkeit in mich stieß, als es mir kam.

Schließlich war auch er so weit. Er verkrampfte sich, stieß nun ruckartig zu, aber diese letzten, von einem männlichen Orgasmus bestimmten Stöße wollten kaum ein Ende nehmen. Immer und immer wieder stieß er nach. Offenbar erlebte er einen sehr intensiven Höhepunkt – was ich wohl als Kompliment für mich werten durfte.

Schließlich kam er dann doch zu einem Ende. Er verharrte in mir, noch immer schnell atmend, aber allmählich wurde er wieder ruhiger. Plötzlich sackte er auf mir zusammen – gerade so, als seien mit seinen letzten Stößen auch seine letzten Kräfte verschwunden. Vielleicht war es ja auch so.

„Ach schade", hörte ich plötzlich Louisas Stimme neben uns.

Ich blickte zur Seite und stellte fest, dass die beiden neben uns saßen und uns offenbar sehr aufmerksam zugesehen hatten. Sie waren wohl deutlich vor uns zum Ende gekommen. Ach ja, ihre Höhepunkte hatte ich ja auch so halb mitbekommen, wie mir jetzt wieder bewusst wurde. Seither hatten sie sich wohl aufs Zuschauen verlegt.

„Schade?", fragte ich erstaunt. „Was ist denn schade?"

„Ich hätte es gern gesehen, wie er dich anspritzt", entgegnete Louisa.

Ach so. Da hatte wohl unser Nach-Sex-Gespräch von vorhin eine gewisse Nachwirkung.

Plötzlich schreckte Sönke hoch – gerade so, als sei er aus dem Schlaf gerissen worden. Vielleicht erwachte er auch tatsächlich in diesem Moment aus seiner Sex-Trance. Er sah mich an, dann seine Frau, dann wieder mich und schien über irgendetwas nachzudenken.

Sein Schwanz steckte noch immer in mir, und ich hatte den Eindruck, dass der kaum an Härte verloren hatte. Und er machte auch keine Anstalten, sich aus mir zurückzuziehen. Louisa beugte sich zum ihm und küsste ihren Mann. Dabei ließ sie eine Hand in meinen Schoß wandern und streichelte meine Pussy wie auch seinen Schwanz.

„Kannst du vielleicht gleich noch mal?", fragte sie Sönke.

Das kam mir bekannt vor. Auch ich fand es besonders geil, mit Marco zu vögeln, wenn er es direkt davor mit einer anderen getan hatte. Erfreulicherweise brauchte mein Freund auch nach einem Orgasmus zuweilen keine lange Erholung.

„Ich weiß nicht", entgegnete Sönke unsicher.

Und ganz langsam zog er sich nun aus mir zurück. Wobei ich den Eindruck hatte, dass Louisa ihn mehr aus mir herausdrückte, als dass er sich selbst zurückzog. Als sein Schwanz ganz zum Vorschein gekommen war, stellte ich fest, dass ich recht gehabt hatte: Er war noch immer erstaunlich steif. Und es quollen auch noch ein paar Tropfen Sperma aus ihm heraus und fielen auf meine Muschi.

Louisas Gesichtsausdruck veränderte sich schlagartig. Hatte sie ihren Mann soeben noch zärtlich und mit lüstern funkelnden Augen angesehen, so pendelte ihr erstaunter Blick nun unentschlossen zwischen meinem Schoß, seinem Schwanz, seinem Gesicht und meinem Gesicht. Und plötzlich realisierte ich, was Louisa in diesem Moment erkannte: Ihr Mann und ich hatten blank gefickt – im Gegensatz zu ihr und Marco. Am noch halb steifen Schwanz meines Freundes hing sogar jetzt noch das gefüllte Gummi. Sönke hingegen hatte sein Sperma in mich hineingespritzt – abgesehen von den letzten Tropfen, die auf meiner Pussy gelandet waren. Louisa hatte ja sehen wollen, wie er mich anspritzt. So allerdings hatte sie das wohl nicht gemeint. Ganz offensichtlich hatte Sönke mit mir soeben eine Grenze überschritten, die dieses Paar (wie sehr viele andere Paare auch) beim Swingen eigentlich einhalten wollte: Partnertausch nur mit Gummi.

Ich stieß ein kurzes Stoßgebet aus. Diese Nacht war bisher zu prickelnd, zu erotisch, zu geil und einfach nur wundervoll gewesen, als dass unsere Vierer-Runde nun mit einem Ehekrach auseinanderplatzen durfte. Alles, nur bitte nicht das, flehte ich innerlich.

Auch Marcos Blick wirkte erstaunt. Vermutlich hatte er ebenfalls nicht erwartet, dass ich es mit Sönke blank machen würde. Das hatte ich selbst nicht erwartet. Es hatte sich einfach so ergeben – in einem Augenblick, in dem ich meinen Kopf erfolgreich abgeschaltet hatte. Aber anders als Louisa hatte Marco sehr wahrscheinlich nichts dagegen, was ich getan hatte. Schließlich hatten wir beide schon mehrfach diese Grenze überschritten.

Ich zuckte mit schuldbewusstem Blick meine Schultern und hoffte inständig, dass das von allen Beteiligten als ein Ausdruck des Bedauerns gewertet werden möge. Es gehörten zwar immer zwei dazu, aber wenn ich ehrlich zu mir selbst war, dann hatte ich Sönke zu diesem Blankfick verführt. Als er bei unserer französischen Schlittenfahrt nicht die Notbremse gezogen hatte, hatte ich einfach nicht mehr anders gekonnt, als ihn in mich hingleiten zu lassen.

Louisas unentschlossen pendelnder Blick dauerte eine gefühlte Ewigkeit. Schließlich aber zuckte sie die Achseln, löste sich von ihrem Mann und wandte sich Marco zu. Sie küsste ihn, beugte sich dann in seinen Schoß, zog ihm das gebrauchte Gummi vom Schwanz und blies ihn – ungeachtet ihrer vorhin bekundeten Abneigung gegen fremdes Sperma im Mund. Es dauerte nicht allzu lange, und er hatte wieder seine volle Größe angenommen.

„Vielleicht magst du mich ja noch einmal ficken", sagte sie, wobei sie das Du sehr betonte und Marco durchdringend ansah.

„Ich wüsste nicht, was ich lieber täte", entgegnete er und griff zu einem neuen Kondom.

Dass Louisa ihm das Gummi umgehend wieder aus der Hand nahm und zur Seite warf, wunderte mich nun nicht mehr. Ich war eher erstaunt, dass Marco nicht gleich von selbst verstanden hatte: Louisa wollte mit ihrem Mann gleichziehen. Vielleicht hatte mein Freund auch nur den Schein wahren und seiner Gespielin die Entscheidung überlassen wollen.

Sie drückte ihn auf den Rücken, und kaum lag er, saß sie auch schon auf seinem blanken Schwanz. Ich konnte gut erkennen, wie er tief in ihr verschwand und sie einen wilden Ritt auf ihm begann. Sönke und ich sahen uns an, beide zuckten wir gleichzeitig mit den Schultern. Ich hätte nicht einschätzen können, wie er diese Aktion seiner Frau bewertete. Ich empfand sie als angemessen – angemessen und geil. Und der Orgasmusschrei, den diese Frau kurz darauf von sich gab, war der lauteste, den ich bisher von ihr vernommen hatte – vielleicht auch der lauteste, den dieses Haus je gehört hatte.

Etwas leiser war sie etwas später, als sie unmittelbar nach dem Ritt auf Marco zu ihrem Mann wechselte. Natürlich konnte der noch einmal. Und wie er konnte!

Mittwoch:
Die Schlafboden-Orgie

Alles in mir weigerte sich wach zu werden. Aber Jasmin war unerbittlich.

„Das Frühstück ist fertig", flötete sie, als sie auf einer der oberen Stufen der steilen Treppe stand und uns weckte.

Doch erst als Kaffeeduft (gemischt mit dem von frisch gebratenem Schinken) in meine Nase zog, erwog ich ernsthaft, die Augen zu öffnen. Allzu viel Schlaf hatten wir in dieser sexreichen Nacht nicht bekommen. Wie spät war es wohl gewesen, als wir nach unserer zweiten Runde mit seinen überraschenden Wendungen schließlich wieder eingeschlafen waren? Ich hätte es nicht sagen können. Ich wusste nur noch, dass es inzwischen ernsthaft hell geworden war. Aber was hieß das schon, wenn man Mitte Juni in Dänemark war?

Jasmin betrachtete unser Durcheinander auf den Matratzen und lächelte. Vermutlich dachte sie sich ihren Teil. Natürlich tat sie das. In dieser Gruppe wäre es eher erstaunlich gewesen, wenn wir nicht zu viert gevögelt hätten. Louisa und Sönke lagen noch immer ineinander verschlungen, als Jasmin unser Nachtlager betrachtete. Allerdings wäre sie wohl nicht auf den Gedanken gekommen, was alles passiert war. Denn es lagen gut sichtbar mehrere aufgerissene Kondomverpackungen auf dem Boden vor der Spielwiese. Zu Anfang waren die ja auch in Gebrauch gewesen. Zu Anfang jedenfalls …

„Ihr wart ganz schön laut", stellte Jasmin beim Frühstück fest und sah Louisa mit einem wissenden Schmunzeln an.

„Manchmal geht das nicht anders", entgegnete sie knapp und biss in ihr Brötchen.

„In dieser Nacht gab es eine Menge Geräusche", stellte ich fest.

„Ach ja, die stets quietschenden Betten", bestätigte Timo.

„Nicht nur die", erwiderte ich.

„Oh, habe ich etwa wieder geschnarcht?", fragte Jannik und sah Alina an, die mit ihm die Nacht verbracht hatte.

„Nein", sagte sie nach kurzem Nachdenken und schüttelte den Kopf.

„Oh doch!", widersprach ich bestimmt.

„Man könnte auch sagen: Du hast unsäglich gesägt", ergänzte Jasmin, die zwei Zimmer weiter geschlafen hatte.

Weitere Einzelheiten dieser Nacht kamen beim Frühstück nicht auf den Tisch – was mir eigentlich ganz lieb war. Louisas Reaktion auf meinen Blankfick mit ihrem Mann hatte ich als sehr schön empfunden, aber über das Thema gesprochen hatten wir anschließend nicht mehr. Das jetzt in der großen Runde zu thematisieren, wäre ihr sicherlich nicht recht gewesen, mutmaßte ich. Da weder sie noch Sönke etwas dazu sagten, erwähnte auch ich die Sache nicht.

Doch offenbar hatte Louisa doch das Bedürfnis, darüber zu reden. Nach dem Frühstück regte sie einen kleinen Spaziergang an – allein mit mir.

„Um noch einmal an unser Gespräch von gestern Abend anzuknüpfen …", setzte sie an, während wir in Richtung Küste wanderten.

„Was meinst du?", fragte ich.

„Meine Frage, wo du schon überall fremdes Sperma hattest."

„Ach so. Das meinst du."

„Ja. Mir lag da eigentlich auch noch eine andere Frage auf den Lippen, die ich dir dann aber nicht mehr gestellt habe."

„Nämlich welche?"

„Ob du fremdes Sperma auch schon in dir hattest. Aber die Frage erübrigt sich ja jetzt wohl."

Ich setzte ein möglichst unschuldiges Lächeln auf und zuckte mit den Achseln.

„Macht ihr es öfter blank beim Partnertausch?", wollte sie wissen.

„Normalerweise benutzen wir Kondome", entgegnete ich. „Aber hin und wieder ist es auch schon passiert, dass wir sie weggelassen haben. Wenn besonders viel Nähe entstanden ist – oder auch ganz einfach, weil ich so geil bin, dass ich darüber einfach nicht mehr nachdenke."

„Was davon war letzte Nacht der Fall?"

„Beides."

„Ja, es war wirklich viel Nähe entstanden", bestätigte sie nachdenklich. „Das ist nicht immer so beim Swingen."

„Ihr habt es noch nie mit anderen blank gemacht?", fragte ich.

„Nein, bisher noch nicht. Auch wenn Sönke und ich durchaus schon mal darüber gesprochen haben, wie das wohl wäre. Aber ich dachte eigentlich, dass das im Reich der Fantasie bleiben würde."

„Dann hattest du hier ja schon eine zweite Premiere."

„Wie meinst du das?"

„Dein erster Fremdfick als Ehefrau. Und nun dein erster fremder Blankfick."

„Ach so", bestätigte sie lächelnd. „Das stimmt natürlich."

„Wie war das denn für dich, als du letzte Nacht festgestellt hast, dass Sönke und ich es ohne Kondom gemacht haben?"

„Vor allem überraschend. Ich war völlig perplex, als sein Schwanz plötzlich gummifrei zum Vorschein kam."

„Kann ich mir denken. Warst du sauer auf ihn? Oder auf mich?"

„Sauer? Nein, nur verwirrt. Ich hätte nicht damit gerechnet. Obwohl ich ja eigentlich hätte gewarnt sein müssen.

„Gewarnt? Was meinst du denn damit?"

„Wegen Timo. Der hatte ja während der Orgie am Kamin am Montagabend versucht, mir seinen Schwanz ohne Gummi reinzustecken."

„Naja, das war am Montag und das war Timo. Das musste ja nichts heißen."

„Nein, nicht unbedingt. Aber mal ehrlich: Es vögeln hier doch auch noch andere blank mit getauschten Partnern, oder?", fragte sie unsicher.

„Bei der Kamin-Orgie hast du nicht viel mitbekommen, was jenseits unseres Sofas passiert ist, hm?"

„Nein, habe ich nicht. Da war ich sehr auf dich konzentriert. Dass ich mich dabei auch von Timo habe ficken lassen, war eher so nebenbei."

Die Äußerung entlockte mir ein Lächeln. Immerhin hatte Louisa mir damit ein großes Kompliment gemacht. In unserer Achter-Runde hatte sie mich damit zu ihrer bevorzugten Gespielin erklärt. Dafür sprach ja auch ihr Vorschlag vom Vorabend, die Nacht zu viert auf dem Schlafboden zu verbringen. Diese Frau schien wirklich sehr viel Lust auf mich zu haben.

„Ich kann es nicht mit Gewissheit sagen", setzte ich an: „Aber ich glaube, vor dem Kamin ist es nur zweimal mit Gummi passiert: du mit Timo und Sönke mit mir."

„Und alle anderen haben alle blank gefickt?"

„Ich glaube schon."

„Und du?"

„Ich habe es vor dem Kamin nur mit Sönke gemacht."

„Ich meinte eher: Hast du es vor unserer Ankunft mit Jannik oder Timo blank gemacht?"

„Ja, mit Jannik."

„Warum nicht mit Timo?"

„Das hat sich einfach noch nicht ergeben."

„Und wenn er es wollen würde?"

„Naja, ich sag mal so: Mein Freund hat es ja schon mit seiner Freundin ohne Kondom gemacht. Welche Sinn hätte es da, wenn ich von Timo ein Gummi verlangen würde?"

„So etwas in der Art dachte ich mir", murmelte sie nachdenklich.

Überforderten wir möglicherweise dieses junge Paar? Alle anderen hier hatten offensichtlich keine Probleme damit, die Gummis wegzulassen. Louisa und Sönke wussten hingegen nicht so recht, was sie davon halten sollten.

„Wie hast du denn den Blankfick mit Marco empfunden?", fragte ich.

„Das war schon anders als mit Gummi. Ich wollte das in dem Moment unbedingt."

„Das war unverkennbar."

„Aber weißt du, was das geilste bei alldem war?", fragte sie nachdenklich.

„Sag es mir!"

„Dass ich es nach Marco dann sofort noch einmal mit meinem Mann gemacht habe. Vor allem der Moment, als Sönke dann in mir kam. Dass da zwei Männer direkt nacheinander in mich reingespritzt haben – das war an Geilheit nicht zu überbieten."

Ich nickte lächelnd. Ich wusste genau, was sie meinte.

„Auf jeden Fall fand ich deine Reaktion heute Nacht sehr schön", sagte ich.

„Naja", bestätigte sie lachend. „Wenn Sönke es ohne macht – warum sollte ich dann mit?"

Ihre Fröhlichkeit hatte sie nicht verloren, stellte ich erleichtert fest.

Als wir von unserem Spaziergang zurückkamen, entdeckte ich Alina und Marco, die es sich auf Decken auf dem Rasen bequem gemacht hatten und die Sonne genossen. Alina trug lediglich ihr Bikini-Unterteil, Marco war nackt. Beide dösten vor sich hin, vielleicht schliefen sie auch. Zumindest ließen sie sich nicht von uns stören, als wir an ihnen vorübergingen. Auch Jasmin und Timo nahmen weiter keine Notiz von uns, als wir die Tür zum Wohnzimmer öffneten. Die beiden Nackten saßen auf der Terrasse – oder genauer gesagt: Er saß in einem der bequemen Terrassensessel, sie kniete vor ihm und blies seinen Schwanz. Louisa und ich zwinkerten uns zu und gingen ins Haus. Nach mehreren Tagen Swinger-Urlaub herrschte hier eine sinnliche Leichtigkeit, in die wir uns alle mehr und mehr fallen ließen.

Louisa und ich beschlossen, ein Bad im Whirlpool zu nehmen. Es war wundervoll, das warme, sprudelnde Wasser zu spüren. Und es war prickelnd, den nackten Körper dieser schönen Frau zu spüren. Als sie irgendwann auf dem Beckenrand saß und ich meine Zunge durch ihre Muschi gleiten ließ, schoss mir ein Gedanke durch den Kopf: In der vergangenen Nacht hatte nicht nur Louisas Mann, sondern auch mein Freund hier sein Sperma hinterlassen. Der Gedanke erregte mich maßlos.

Die nächste Orgie fand auf dem Schlafboden statt. Louisa befand, dass der Teppich vor dem Kamin für alle zu klein sei – und der Holzfußboden daneben zu hart. Den Eindruck hatte ich auch schon gehabt. Niemand hatte etwas einzuwenden, als Louisa und Sönke beim Abendessen die Einladung in ihr Schlafzimmer unter dem Dach aussprachen. Allerdings löste sie bei einigen Männern doch lange Gesichter aus, als Louisa den Vorschlag mit einer Kleinigkeit präzisierte: Die Männer sollten doch erst einmal außen vor bleiben und dann später dazukommen.

Ich musste schmunzeln, als ich Janniks Blick wahrnahm. Der hatte leuchtende Augen bekommen, als in seinem Kopfkino vermutlich der Film eines munteren Achters angelaufen war, welcher nun eine kleine Filmstörung erhalten hatte. Als einziger der anwesenden Männer hatte er noch keinen Sex mit der schönen Louisa gehabt, die 20 Jahre jünger war als er. Ich konnte mir gut vorstellen, dass er darauf brannte, es endlich mit ihr zu tun. Doch er musste sich weiterhin gedulden.

„Ich finde die Idee super", sagte seine Frau und lächelte Jannik liebevoll an: „Ihr könnt ja inzwischen den Tisch und die Küche aufräumen."

So hatte er sich den Start in diesen Abend sicherlich nicht vorgestellt. Marco nahm die Sache deutlich gelassener. Er wusste ja inzwischen um Louisas Vorliebe, Gruppensex mit einem reinen Spiel der Frauen zu beginnen. Allerdings hatte er am Vorabend dabei zumindest zusehen dürfen. Selbst das, so befand der weibliche Teil unserer Gruppe nun einhellig, sollte zunächst einmal unterbleiben.

„Ich werdet uns ja hören können", sagte Alina und gab ihrem Freund einen Kuss auf die Wange.

„Mit Sicherheit", murmelte Timo.

Als die Sache beschlossen war, hatten es Jasmin, Alina und Louisa ziemlich eilig, die Leiter nach oben zu klettern. Ich musste erst noch ins Bad und brauchte dort etwas länger. Als auch ich schließlich auf den Dachboden kam, stellte ich fest, dass die drei nicht auf mich gewartet hatten. Alle waren sie nackt, Alina lag in der Mitte, Jasmin mit dem Kopf zwischen ihren Beinen und Louisa mit den Lippen an den Brüsten unserer Gastgeberin – wobei Jasmin eine Hand zu Louisa ausgestreckt hatte und auch ihr Schatzkästchen streichelte. Das Spiel der drei sah sehr liebevoll und harmonisch aus. Ich blieb für einen Augenblick auf einer der oberen Stufen der steilen Treppe stehen und sah dem Treiben dieser schönen nackten Frauen zu. Ich hatte beinahe das Gefühl zu stören, würde ich mich nun einfach einmischen – ungeachtet der Tatsache, dass die drei mich ja erwarteten.

Auch ich hatte meine wenigen Sachen bereits im Bad ausgezogen. Und als ich da oben auf der Leiter stand, wurde mir bewusst, dass ich den Männern einen freien Blick auf meinen blanken Po gab. Der Aufstieg zu diesem Schlafboden befand sich im offenen Wohn-Esszimmer – also genau dort, wo die Männer soeben die Reste des Abendessens beseitigten. Der Gedanke ließ mich schmunzeln, und ich wackelte ganz bewusst mit dem Hinterteil.

Ich sah mich kurz um und stellte fest, dass ich recht gehabt hatte. Timo hielt ein Geschirrtuch in der einen und einen Topf in der anderen Hand, schien für den Moment aber unfähig, Topf und Handtuch sinnvoll zusammenzubringen. Auch die anderen drei Männer standen unbeweglich im Raum und starrten mich an. Das war jetzt doch ein schönes Kompliment für meinen Po, befand ich. Ich warf Marco einen Luftkuss zu und stieg die letzten Stufen nach oben. Als die Männer mich vermutlich nicht mehr sehen konnten, setzte unten das Küchengeklapper wieder ein.

„Wo warst du denn so lange?", fragte Louisa und streckte eine Hand zu mir aus.

Natürlich störte ich nicht. Was für ein absurder Gedanke.

Vermutlich war die Küchenarbeit in dieser Woche noch nie so schnell erledigt worden wie an diesem Abend – ungeachtet der kleinen Unterbrechung, die mein Verweilen oben auf der Leiter verursacht hatte. Ich hätte zwar nicht sagen können, wann genau die Männer zu uns gekommen waren, aber im ersten Moment war ich doch einigermaßen überrascht, als ich plötzlich einen Schwanz an meinem Po spürte. Ich kniete zwischen Jasmins Beinen und hatte meinen Kopf in ihrem Schoß vergraben, schmeckte ihre erregende Feuchtigkeit und hatte eigentlich nicht die Absicht, das Spiel meiner Zunge allzu bald wieder zu beenden.

Aber als sich dieser Schwanz gegen mein Hinterteil drückte, konnte ich doch nicht anders, als mich umzusehen. Es war Timo, der sich hinter mir positioniert hatte. Und natürlich waren alle Männer hier – nackt und bereit, ins Geschehen einzugreifen. Jannik löste soeben Louisa aus ihrer Umarmung mit Alina, küsste sie und ließ eine Hand in ihren Schoß wandern. Ich war mir sicher, dass Louisa einen ausgedehnteren Frauen-Vierer im Sinn gehabt hatte, aber sie ließ sich auf die Knutscherei mit Jannik ein und griff zu seinem Schwanz. Alina ging noch etwas forscher vor: Nachdem sie sich von Louisa gelöst hatte, tauchte sie umgehend in Marcos Schoß ab und nahm seinen Schwanz in den Mund. Dass Louisa noch immer ihre Finger an Alinas Pussy hatte, schien sie kaum noch wahrzunehmen. Die Männer waren nicht nur anwesend, sie waren nun mittendrin.

Timo sah mich fragend und erwartungsvoll an, als er nun seinen Schwanz gegen meinen Po drückte. Ich zwinkerte ihm zu und nickte. Natürlich hatte ich nichts dagegen, mit ihm zu vögeln. Im Gegenteil: Ich hatte eher das Gefühl, dass das nun auch Zeit wurde. Ich hatte ihn bei unserer Poolparty am Samstagabend zwar geblasen (sogar bis zum Ende), aber in mir gespürt hatte ich seinen Schwanz bisher noch nicht – womit er der einzige Mann hier war, mit dem ich noch nicht gefickt hatte. Es war so, wie ich es Louisa am Nachmittag gesagt hatte: Es hatte sich einfach noch nicht ergeben.

Ich streckte ihm meinen Po entgegen und öffnete die Beine. Seltsamerweise zögerte Timo jedoch einen Augenblick. Sein Blick pendelte zwischen meinen Augen und einem Schälchen mit Kondomen, das in seiner Griffweite stand. Aha, dachte ich und musste schmunzeln. Der Mann war vorsichtig geworden, nachdem er sich zwei Abende zuvor bei unserer Orgie am Kamin von Louisa eine Abfuhr eingefangen hatte bei seinem Versuch, sie blank zu ficken.

Fragend sah er mich an und deutete mit dem Kopf auf das Kondomschälchen. Ich zuckte mit den Schultern und schüttelte lächelnd den Kopf. Mir erschien es absurd, von Timo die Benutzung eines Gummis zu verlangen, nachdem ich es mit allen anderen Männern in dieser Gruppe nun schon blank gemacht hatte.

Über sein Gesicht huschte ein Lächeln, als er meine Reaktion völlig korrekt deutete. Im nächsten Augenblick drückte sich sein Schwanz nicht mehr gegen meinen Po, sondern suchte den Weg zwischen meine Beine, wo er mühelos in mich eintauchte. Feucht genug dafür war ich längst. Dafür hatte bereits Jasmins Zunge gesorgt – und der Blick auf das Durcheinander hier unter dem Dach blieb auch nicht eben ohne Wirkung auf mich.

Als Timo mich zu ficken begann, wandte ich mich wieder Jasmin zu, zwischen deren Beinen ich noch immer kniete – und neben deren Kopf nun Sönke hockte und sich von ihr blasen ließ. Alle Männer hatten sich nach ihrer Ankunft umgehend auf Frauen gestürzt, die nicht ihre eigenen waren. Aber nichts anderes hätte ich auch erwartet. Schließlich waren wir Swinger.

Der Mann in mir ließ es ruhig angehen. Sein Griff an meinem Po war fest, aber seine Stöße sanft und gefühlvoll. Was mir sehr recht war. Auf die Weise konnte ich die anderen Menschen hier gut im Blick behalten. Seit Marco mich damals zum Swingen verführt hatte, hatte ich nicht nur eine gewisse Neigung zum Bisex entwickelt – ich hatte auch eine andere unerwartete Seite an mir entdeckt: Ich war eine Voyeurin. Ich liebte es, anderen Menschen beim Sex zuzusehen – vor allem meinem Freund, wenn er es mit einer anderen Frau trieb. Und da gab es gerade einiges zu sehen.

Marco ließ sich soeben auf den Rücken fallen, und Alina setzte sich auf ihn. Ich konnte gut erkennen, wie sein Schwanz zwischen ihren Pobacken verschwand, als sie auf ihm zu reiten begann. Direkt daneben saß Louisa, in deren Schoß Jannik seinen Kopf vergraben hatte. Sie schien sein Zungenspiel zu genießen, aber ich hatte den Eindruck, dass sie der Blick auf Alinas Po noch mehr fesselte. Natürlich würde sie gut erkennen können, was auch mir nicht entgangen war: Alina und Marco machten es blank. Nach den Entwicklungen der vergangenen Tage erschien mir das als beinahe selbstverständlich. Louisa hingegen hatte da sicherlich einen etwas anderen Blick auf dieses Gruppensex-Detail.

Jasmin entzog sich mir nun. Vielleicht war sie nicht ganz glücklich darüber, dass ich aufgehört hatte, sie zu lecken und nur noch meine Finger in ihrem Schoß hatte. Vielleicht wollte sie sich aber auch nur ganz auf den Mann konzentrieren, dessen Schwanz sie in diesem Moment blies. Ich konnte an Sönkes verklärtem Gesicht ablesen, wie gut sie das machte. Nun aber drehte sie ihm ihren Schoß entgegen und öffnete die Beine weit. Eine deutlichere Aufforderung, sie zu nehmen, war kaum denkbar – was Sönke ganz genau so verstand. Er griff zu einem Kondom und rollte es sich über den Schwanz. Jasmin sah ihm dabei aufmerksam zu und griff anschließend zu seinem verpackten Schwanz. Einen Augenblick zögerte sie, dann und zog sie ihm das Gummi wieder ab.

„Jetzt", sagte sie lächelnd und warf ihm einen Luftkuss zu.

Ich war mir nicht ganz sicher, ob Sönke sich wirklich wohl damit fühlte. Aber einer schönen nackten Frau mit geöffneten Beinen widersprach ein Mann ja schließlich nicht. Im nächsten Augenblick fickten auch die beiden ohne Kondom. Kannte Jasmin inzwischen vielleicht doch die Einzelheiten der vergangenen Nacht? Ihre Blankfick-Aufforderung an Sönke war jedenfalls sehr bewusst – anders als es meine gummifreie Nummer mit ihm in der vergangenen Nacht gewesen war.

Mein Blick fiel erneut auf Louisa, die die Szene sicherlich ebenfalls mitbekommen hatte – anders als Jasmins Mann Jannik, dessen Kopf jetzt erst aus Louisas Schoß auftauchte. Er lächelte sie an, griff zu einem

Kondom und hielt es fragend vor ihr Gesicht. Louisa zögerte eine Ewigkeit von mehreren Sekunden und schüttelte schließlich den Kopf. Das Lächeln in Janniks Gesicht verschwand umgehend. Er hatte diese Frau ausgiebig geleckt, sie befanden sich inmitten einer Gruppensex-Party, Louisas Mann fickte soeben mit seiner Frau – und er sollte es nicht mit Louisa tun dürfen? Ich war mir sicher, dass das so ungefähr der Gedankengang war, der nun durch Janniks Kopf raste. Aber dieser Gedanke war vollkommen falsch.

Jannik schien reichlich verblüfft zu sein, als Louisa ihn plötzlich auf den Rücken drückte und sich auf ihn setzte. Sie griff zu seinem blanken Schwanz und ließ ihn in sich hineingleiten. Jannik wirkte wie ein Junge, dem man ein Stück Schokolade vorenthalten hatte – und der nun stattdessen die ganze Tafel bekam. Auf jeden Fall brauchte er wohl einen Moment, die überraschende Wendung zu realisieren. Natürlich hatte auch er zwei Tage zuvor mitbekommen, dass Louisa beim Durcheinander am Kamin auf ein Kondom bestanden hatte, als Timo sie ficken wollte. Und als wir heute Morgen vom Schlafboden gestiegen waren, hatte ich die benutzten Kondome unserer Vierer-Nacht im Küchenmülleimer entsorgt – was Jannik mit aufmerksamen und schmunzelnden Blicken verfolgt hatte. Und jetzt wollte Louisa blank mit ihm ficken! Er verstand die Welt nicht mehr – aber ich hatte den Eindruck, dass ihm diese Welt gefiel. Jedenfalls begnügte er sich bald nicht mehr mit ihrem Ritt auf ihm, sondern begann, sie heftig von unten zu stoßen.

Auch Timos Stöße in mir wurden nun intensiver. Wie nahm er das wohl wahr, dass Louisa es mit ihm nicht hatte blank machen wollen – nun aber mit Jannik genau dies von sich aus tat? Vermutlich machte ich mir schon wieder zu viele Gedanken. Auch mit mir hatte es Timo bisher ja noch nicht blank gemacht. Und der erste Fick mit einem neuen Partner (und das war bei ihm und mir ja in diesem Moment der Fall) war immer besonders aufregend. Zumindest empfand ich das so – und hoffte doch sehr, dass Timo dieses Empfinden teilte. Seine zunehmende Heftigkeit sprach durchaus dafür.

Für den Augenblick blendete ich nun die um uns herum tobende Orgie aus und ließ mich ganz hineinfallen in die Nummer mit diesem Mann. Ich spürte, dass Timo mir bald einen Höhepunkt bescheren würde – und sollte recht behalten. Unmittelbar bevor ich so weit war, vernahm ich jedoch einen anderen Orgasmusschrei – den von Alina. Mein eigener vermischte sich im nächsten Augenblick mit ihrem. Als das Zucken in mir wieder nachgelassen hatte, öffnete ich die Augen und sah zu Marco. Er strahlte mich an. Offensichtlich gefiel es ihm, dass er Alina nahezu im selben Moment zum Höhepunkt gebracht hatte, wie Timo mich. Auch eine Form von gemeinsamem Orgasmus mit meinem Freund, schoss es mir durch den Kopf.

Timo fickte mich weiter mit unvermindertem Tempo. Ich hatte den Eindruck, dass es auch ihm bald kommen würde. Aber wollte er das überhaupt? Oder wollte er es nicht lieber noch mit einer anderen Frau machen, bevor er eine Pause brauchte? Das Angebot in unserem Durcheinander war ja vorhanden.

Ich hatte keine Ahnung, ob Timo wirklich abspritzen wollte, oder es nur einfach nicht mehr verhindern konnte. Auf jeden Fall kam er in mir. Ich spürte, wie sich sein Sperma in mir ergoss, sein Griff an meinen Hüften war jetzt sehr fest, immer und immer wieder stieß er nach, bis er endlich zur Ruhe kam.

Für einen Augenblick verharrten wir beide in dieser Stellung und ließen unseren Fick nachklingen. Als er sich schließlich aus mir zurückzog, war umgehend seine Freundin da und nahm seinen Schwanz in den Mund. Offenbar kickte es sie, ihn zu blasen, unmittelbar nachdem er in einer anderen Frau gekommen war. Auch ich hatte so etwas schon mit Marco gemacht.

Mein Blick fiel auf Louisa, die sich in diesem Moment auffällig verkrampfte. Sie und Jannik machten es inzwischen in der Missio. Und ganz offensichtlich hatte er ihr soeben einen Orgasmus beschert, der sie (wie meist) still durchzuckte. Kurz nach ihr war auch Jannik so weit. Auch er kam in ihr. Ich konnte sein Gesicht nicht gut erkennen, aber Louisas Augen waren weit aufgerissen.

Kaum waren die zwei zu einem Ende gekommen, drückte sie Jannik von sich herunter und beugte sich zu Timos Schwanz, der in Alinas Mund steckte – und der schon wieder sehr steif zu sein schien.

„Lässt du mich mal?", fragte sie Alina und verdrängte sie ohne eine Antwort abzuwarten.

Alina wusste wohl nicht so ganz, was sie davon halten sollte, ließ es aber geschehen – während Timo einfach nur heftig nickte. Vielleicht spekulierte er darauf, dass auch er es jetzt mit Louisa noch blank machen durfte. Falls er diese Erwartung hatte, so wurde er nicht enttäuscht. Louisa blies ihn nur kurz, dann drehte sie sich um und streckte ihm den Po entgegen. Sie wollte von ihm genommen werden – und sie wollte, dass Timo es gummifrei machte. Das war uns allen klar.

Auch Jasmin und Sönke waren mittlerweile zu einem Ende gekommen. Ich hatte nicht mitbekommen auf welche Weise oder ob auch sie Höhepunkte erlebt hatten, aber Jasmin hatte deutliche Spermaspuren im Gesicht. Offensichtlich war Sönke nicht in ihr gekommen. Spermaqueen, schoss es mir durch den Kopf: So hatte Jannik seine Frau zu Beginn unserer Woche bezeichnet – und Jasmin hatte nur halbherzig widersprochen. Vielleicht war dieser Titel nicht so ganz falsch.

Alle sahen jetzt zu, wie Timo Louisa von hinten nahm. Alina kniete daneben, ließ eine Hand zwischen Louisas Beine gleiten und half ihr, einen weiteren Höhepunkt zu erleben – und den schrie sie dieses Mal ebenso laut hinaus, wie auch ich das gern machte. Ich war versucht, ihr Szenenapplaus zu geben – was ich aber natürlich nicht tat.

Timo stieß weiter in sie. Dafür, dass er vor Kurzem erst einen Orgasmus erlebt hatte, zeigte er eine erstaunliche Standfestigkeit. Zu seiner (und unser aller) Überraschung entzog sich Louisa ihm jedoch, und streckte Marco ihren Po entgegen. Ihr war vermutlich aufgefallen, was auch ich bereits gesehen hatte: Mein Freund war schon wieder einsatzbereit. Die Live-Show vor unser aller Augen verfehlte ihre Wirkung nicht. Louisa hatte ganz offensichtlich das Bedürfnis, sich von allen anwesenden Männern ficken zu lassen.

Marco enttäuschte sie nicht. Und anders als Timo kam er auch in ihr.

Erst als die zwei sich wieder voneinander lösten, nahm Louisa wohl erst so richtig wahr, dass sie zum Mittelpunkt geworden war, und alle anderen nur noch zusahen, was sie tat. Leicht verlegen lächelte sie, schmiegte sich an Sönke und küsste ihren Mann. Sie ließ dabei seinen Schwanz zärtlich durch ihre Finger gleiten, ließ sich dann auf den Rücken fallen und sah ihn an.

„Und jetzt du", sagte sie.

Dabei öffnete sie weit ihre Beine und gab uns allen einen freien Blick auf ihre feucht-glänzende Muschi. Ein wenig Sperma quoll heraus. Für eine Sekunde war ich versucht, diesen Saft meines Freundes aus ihrer nassen Spalte zu lecken. Was ich aber nicht tat. Louisa hatte ganz klar gesagt, dass sie jetzt etwas anderes wollte – und natürlich bekam sie es.

Auch Sönke hatte keine Probleme mit diesem zweiten Fick nach einer nur kurzen Pause. Sein Schwanz war sichtlich steif, als er in sie eintauchte. Ich konnte mir gut vorstellen, dass dabei das Wissen hilfreich war, dass seine Frau soeben mit mehreren anderen Männern gefickt hatte – und er in fremdes Sperma stieß. Viele Männer machte so etwas an, wie ich inzwischen wusste.

Die beiden machten es jetzt sehr ruhig und zärtlich, küssten sich unentwegt und waren sehr beieinander. Jetzt fühlte ich mich dann doch wie eine Voyeurin. Es erschien mir beinahe als unangebracht, diesem frisch verheirateten Paar beim Sex zuzusehen – ungeachtet dessen, was hier soeben alles passiert war.

Das empfanden wohl auch die anderen so, die Zuschauer-Runde löste sich auf. Dafür begann eine erneute Sex-Runde. Ich blies Marco, aber sein Schwanz zeigte nach seinem zweiten Orgasmus nun doch deutliche Schwächeerscheinungen. Was ja auch nicht verwunderlich war. Er genoss offensichtlich dennoch mein Lippenspiel und verwöhnte mich anschließend auf die gleiche Weise. Auch Jannik schien noch etwas Erholung zu benötigen. Anders als Timo, der ja nicht in Louisa hatte kommen dürfen. Er hatte offensichtlich das dringende Bedürfnis, seine Lust an anderer Stelle zu befriedigen. Diese andere Stelle war Jasmin, die sich liebend gern von ihm nehmen ließ.

Irgendwann kehrte Ruhe ein, alle waren wir schließlich doch ziemlich erschöpft. Und alle waren dankbar, dass Jannik in die Küche hinunterging und mehrere Wasserflaschen nach oben holte, die wir kreisen ließen.

„Da hat sich aber jemand sehr verändert", sagte Jasmin irgendwann und sah Louisa an.

Die Angesprochene wirkte ein wenig verlegen und ließ ihren schmunzelnden Blick durch die Runde wandern.

„Naja, wenn ihr alle es hier blank macht, dann können wir uns ja wohl nicht ausschließen", entgegnete sie und gab ihrem Mann einen Kuss.

„Nein, auf keinen Fall", bestätigte Sönke.

„Du hattest offenbar das Bedürfnis, dich durch die gesamte Orgie zu ficken", warf Alina ein.

„Ich weiß selbst nicht, was da in mich gefahren war", entgegnete sie. „Aber plötzlich hatte ich den Gedanken, alle Männer müssten mir ihr Sperma geben."

„Was wir alle natürlich ausgesprochen gern getan haben", entgegnete Marco.

„Naja fast alle", murmelte Timo.

„Wie meinst du das denn?", fragte ihn seine Freundin Alina.

„Mein Sperma hat Louisa nicht bekommen", entgegnete er. „Ich bin einmal in Nina gekommen und einmal in Jasmin. Aber Louisa hat unsere Nummer abgebrochen, bevor ich so weit war."

„Ach so?", fragte Louisa sichtlich erstaunt.

Sie schien ernsthaft nachzudenken. War ihr das wirklich entgangen, was Timo soeben erzählt hatte? Vielleicht war es tatsächlich so. Die Frau war ja in einen regelrechten Rausch geraten. Da konnte sie sich jetzt wohl nicht mehr an jedes Detail erinnern – auch wenn dieses ja nicht ganz unwesentlich war. Vor allem, da sie ja offenbar das Bedürfnis gehabt hatte, von allen anwesenden Männern besamt zu werden.

Schließlich aber huschte ein Lächeln über ihr Gesicht. Sie beugte sich zu Timo, gab ihm einen Kuss und sagte:

„Was nicht ist, kann ja noch werden. Oder?"

Timo nickte heftig mit einem Funkeln in den Augen. Es dauerte nicht allzu lange, bis eine neue Runde begann und die beiden ihre Erwartung umsetzten.

Nicht nur Louisa hatte am Ende das Sperma aller Männer in sich. Ich will nicht behaupten, dass auch ich das provoziert hätte. Aber irgendwie fand ich den Gedanken doch geil, als mir spät in der Nacht bewusst wurde, dass alle Männer auch in mir gekommen waren. Schön, dass sie so standfest waren und zumindest nach einer gewissen Pause wieder einsatzbereit. Wenn mich jemand gefragt hätte, wie viele Orgasmen ich in dieser Nacht auf diesem Schlafboden erlebt hatte – ich hätte es nicht sagen können. Es waren viele. Frauen haben in dieser Hinsicht doch gewisse Vorteile gegenüber Männern. Nur, dass meine Muschi sich am nächsten Tag wund anfühlte, war eine weniger schöne Begleiterscheinung. Doch dafür hatte sich das gelohnt. Nichts, was in dieser Nacht auf diesem Schlafboden passiert war, hätte ich missen wollen.

Donnerstag bis Samstag:
Sinnliche Leichtigkeit

Die letzten Tage unseres sexreichen Urlaubs vergingen viel zu schnell. Nach dieser Orgie unter der Dachschräge war unsere ohnehin lockere Stimmung noch lockerer geworden. Ich hatte den Eindruck, dass ständig irgendwer mit irgendwem Sex hatte – zuweilen regelrecht im Vorübergehen. So traf ich einmal auf dem Weg zum Bad auf Sönke. Wir hatten beide kaum etwas an, blieben kurz voreinander stehen, und im nächsten Moment hielt ich mich an einer Sofalehne fest, während er mich von hinten nahm. Dafür extra den Slip ausziehen? Wozu? Es war ein String, den man auch leicht zur Seite schieben konnte. Die Nummer war kurz, aber heftig – und beide erlebten wir dabei einen Höhepunkt.

Erwähnte ich schon, dass mir so etwas durchaus wichtig ist?

Etwas später traf ich auf Jasmin, die sich auf einer Terrassenliege von Timo nehmen ließ. Es ging kreuz und quer, und niemand verschwendete mehr einen Gedanken an ein Kondom. Wozu auch? Seit der Nacht auf dem großen Matratzenlager unter der Dachschräge hätte das keinen Sinn mehr gemacht. Als mein Blick am vorletzten Tag auf eins der dezent im ganzen Haus verteilten Kondomschälchen fiel, blieb ich einen Augenblick stehen und betrachtete die vielen unbenutzten Gummis. Irgendwie wirkte das Schälchen verloren, geradezu missachtet. Aber ich konnte mir gut vorstellen, dass Jasmin und Jannik sie bei weiteren Partys dieser Art zum Einsatz bringen würden. Nicht jede private Party artete ja schließlich zu einer AO-Party aus, wie man in Swingerkreisen gummifreien Partnertausch nannte. Die Abkürzung war in der Szene wohl mal entstanden, weil „alles ohne" machte.

Auch die Belegung der Zimmer wurde an den beiden verbliebenen Abenden neu gemischt. Niemand hatte mehr etwas einzuwenden gegen Partnertausch in getrennten Räumen. So kam ich zu einer Solonacht mit Timo – und einer mit Louisa. Letzteres allerdings führte bei den Männern zu einer leichten Missstimmung. Da keiner von ihnen (im Gegensetz zu sämtlichen Frauen unserer Gruppe) eine ernsthafte Bi-Neigung hatte, gingen zwei von ihnen gewissermaßen leer aus in jener Nacht – so jedenfalls ihre Befürchtung. Aber die vielen erotischen Begegnungen, die auch tagsüber stattfanden, entschädigten dann doch für so manches. Und wie ich im Nachhinein hörte, hatte Alina es in jener Nacht sehr genossen, auf dem Schlafboden drei Männer allein für sich zu haben. Als sie und die drei Männer am anderen Morgen davon erzählten, fiel auch der Begriff „Sandwich". Alinas Augen strahlten bei diesem Stichwort.

Ich muss gestehen, dass etwas Wehmut aufkam, als wir uns am Samstagmorgen voneinander verabschiedeten. Diese Woche war unglaublich schnell vergangen. Dass jeder jeden zum Abschied liebevoll umarmte, verstand sich von selbst. Auch dass ich bei manchen dieser Umarmungen kräftige Hände auf meinem Hinterteil spürte, empfand ich als völlig normal. Fast war ich versucht, Jannik noch einen kurzen Abschieds-Blowjob an der offenen Autotür zu schenken. Aber da in diesem Moment bereits das Auto des Vermieters auf den kleinen Parkplatz am Ferienhaus rollte, verkniff ich mir das natürlich. Allerdings holte ich das etwas später mit Marco nach, als wir auf einem Autobahn-Parkplatz eine kurze Pause einlegten. Er war von meinem Erotik-Überfall wohl überrascht – aber er schien ihm zu gefallen. Alles andere hätte mich allerdings auch gewundert.

Epilog

Kontakte in Swingerkreisen sind sehr schnelllebig. Diese Erkenntnis hatte ich schon zu Beginn meiner Reise durch diese sehr besondere Welt. Deshalb war ich von vornherein skeptisch, als wir uns an jenem Samstagmorgen von den anderen verabschiedeten und alle beteuerten, dass man sich so bald wie möglich in gleicher Besetzung wiedersehen wolle. Natürlich hätte ich nichts dagegen gehabt. Aber ich hatte Zweifel, ob dies Realität werden würde. Wir schrieben mit allen anderen noch über Joyclub hin und her, aber das wurde schnell weniger. Der Urlaub war vorbei und damit auch unsere tagelange Sexparty.

Ein Wiedersehen gab es aber doch. Etwa sechs Wochen nach dem Dänemark-Urlaub schickten Louisa und Sönke uns eine sehr konkrete Einladung zu einem bestimmten Termin zu sich nach Hause. Es war nicht übermäßig weit, und wir hatten an dem betreffenden Wochenende nichts vor – also sagten wir zu.

Wir brauchten an jenem Samstag ein wenig Zeit, um wieder warm miteinander zu werden – was sicherlich ganz normal war. Es war etwas Zeit vergangen, alle waren wir zwischenzeitlich wieder in unseren normalen Welten angekommen, und auch die Umgebung spielte sicherlich eine gewisse Rolle. Die Atmosphäre in jenem Ferienhaus in Dänemark war eben doch ganz anderes als die in der Dreizimmerwohnung unserer Freunde am Rand einer norddeutschen Kleinstadt.

Nach dem Abendessen landeten wir dann aber doch zu viert im Ehebett der beiden. Oder genauer gesagt: Louisa und ich landeten dort, während die beiden Männer es sich in einem Sessel, beziehungsweise auf einem Stuhl davon bequem machten und uns zusahen. Marco wusste inzwischen ja, dass Louisa ein Frauen-Solo als Intro bevorzugte. Die Männer ließen uns viel Zeit dafür, aber irgendwann mischten sie sich dann doch ein. Aber Marco und ich erlebten eine Überraschung.

Als sich mein Freund nach einem ausgiebigen oralen Vorspiel hinter Louisa kniete und es ernsthaft mit ihr tun wollte, zögerte sie. Marcos Schwanz war schon direkt an ihrer Muschi, aber sie hielt ihn für einige Sekunden fest. Plötzlich drehte sie sich zur Seite, griff zum Nachttisch und zauberte ein Kondom hervor. Sie drückte es ihm in die Hand und nahm wieder die gleiche Position ein wie zuvor. Marcos erstaunter Blick pendelte zwischen dem Kondom, Louisas Po und meinen Augen. Ich hob ratlos die Schultern – und sah zu, wie er im nächsten Moment seinen Schwanz verpackte. Ich hatte allerdings nicht den Eindruck, dass das Gummi seine Geilheit bremste, als er anschließend die schöne Frau fickte. Dass auch Sönke ein Kondom benutzte, als wir es taten, empfand ich dann als selbstverständlich – auch wenn mich diese Wendung nach unserem blanken Gruppensex-Reigen ein paar Wochen zuvor einigermaßen erstaunte.

Es gab eine zweite Runde an diesem Abend, und niemand stellte mehr die Kondom Frage. Die Dinger lagen bereit und wir benutzten sie. Als uns tief in der

Nacht die Müdigkeit überfiel, bereiteten unsere Freunde uns das Schlafsofa im Wohnzimmer. Partnertausch in getrennten Räumen? Ach nein, lieber nicht, sagte Louisa, als mein Freund diese Frage stellte.

„Verstehst du das?", fragte Marco mich, als wir uns schließlich auf diesem Sofa niederließen, während unsere Gastgeber sich in ihr Schlafzimmer zurückzogen.

„Nicht wirklich", murmelte ich und war kurz darauf eingeschlafen.

Tatsächlich konnte ich nur schwer nachvollziehen, warum Louisa und Sönke nach dem Swinger-Urlaub einen Schritt zurück machten. Aber ich tröstete mich mit der Weisheit, dass man schließlich auch nicht immer alles verstehen musste. Louisa und Sönke hatten ihre Sicht der Dinge, wir eine andere. Vermutlich würde der gummifreie Partnertausch, auf den sich die beiden in Dänemark nach anfänglichem Zögern eingelassen hatten, eine Ausnahme bleiben in ihrem Swinger-Leben. Oder sie würden später noch einmal mit anderen Menschen in einer besonderen Situation darauf zurückkommen. Vieles war denkbar. Auch Marco und ich machten so etwas ja nur hin und wieder und hatten keineswegs eine Abneigung gegen Kondome. Ohne war allerdings immer geiler.

Wichtig war jedoch, dass man sich mit allem, was man tat, auch wohlfühlte. Und an diesem Wochenende war für Louisa und Sönke Safer Sex angesagt. Zwischen der ersten und der zweiten Runde hatte Marco mich in einem stillen Moment gebeten, Sönke zu einem Blankfick zu verführen. Er hatte wohl die (möglicherweise durchaus berechtigte) Hoffnung, dass Louisa es dann auch mit ihm ohne Gummi gemacht hätte – worauf er offensichtlich große Lust hatte. Aber diesen Wunsch erfüllte ich meinem Freund nicht. Unsere Gastgeber hatten beschlossen, Gummis zu benutzen, und das wollte ich nicht infrage stellen. Das hätte möglicherweise auch eine unschöne Energie in deren Beziehung gebracht. Wie hatte ich doch zu Beginn meiner Reise durch die Welt des Swingens einmal in einem schlauen Buch gelesen:

„Swingen ist wie gemeinsam joggen: Der Langsamere bestimmt das Tempo. Sonst geht man sich verloren."

Die Verantwortung dafür, dass es bei Louisa und Sönke zu Tempounterschieden mit möglicherweise unschönen Folgen kommen könnte, wollte ich nicht übernehmen – auch wenn ich dieses Risiko bei unserem Vierer mit den beiden bereits eingegangen war. Aber das zählte für mein Empfinden nicht so richtig. Da war ich in einer Sex-Trance und somit nicht mehr Herrin meiner Sinne gewesen.

Trotz dieser unerwarteten Wendung war es ein wundervolles Wochenende bei den beiden. Genau wie die Woche in Dänemark hätte ich auch dieses kleine Abenteuer nicht missen wollen.

Nina Noisee

Wie ich zum Swingen kam

Bekenntnisse
einer Swingerin (1)

Teil 1

Wie reagiert eine Frau, wenn sie mit Mitte 30 eine neue Beziehung eingeht und der Mann gleich zu Beginn das Thema Swingen auf den Tisch bringt? Ich war reichlich irritiert, und fragte mich: Reiche ich ihm nach so kurzer Zeit schon nicht mehr? Doch nachdem ich mich ein wenig in das Thema eingelesen hatte, wurde ich dann doch neugierig. So kam es zum ersten Besuch eines Swingerclubs und damit zur Entdeckung einer faszinierenden Welt: einer Welt von Partnertausch und Gruppensex – einer Welt die ich heute nicht mehr missen möchte.

Nina Noisee

Meine Nacht zu dritt

Bekenntnisse einer Swingerin (2)

Teil 2

Einhörner sind bekanntlich Fabelwesen, die es nicht gibt. Das macht die Suche nach ihnen so schwierig. In der Swinger-Szene werden deshalb Paare, die eine einzelne Frau für Sex zu dritt suchen, gern als Einhorn-Jäger bezeichnet. Eine Frau hingegen darf aus einem großen Angebot wählen, wenn sie offen dafür ist, zum Einhorn zu werden. Ich bin sehr offen dafür.

Nina Noisee

19 Swinger-Paare
und eine
Silvesterparty

Bekenntnisse einer Swingerin (3)

Teil 3

Natürlich wusste mein Freund, dass er bei der Swinger-Party in dieser stilvollen Hamburger Maisonette-Wohnung nicht mit allen anwesenden Frauen vögeln konnte. Aber ich hatte den Eindruck, dass er es zumindest versuchte. Allerdings war ich es, die am Ende dieser sehr besonderen Silvester-Party die meisten Fremdsex-Erlebnisse hatte. Zudem stellte ist fest, dass mein Freund mit einer im Vorfeld geäußerten Vermutung absolut recht hatte: Wer glaubt, dass in einem Swingerclub besonders aufregende Dinge geschehen, war noch nie bei einer privaten Swinger-Party.

Kontakt zur Autorin:

NinasBuchPost@web.de